Contos de piratas

Contos de piratas

Arthur Conan Doyle

Eduardo San Martin
Organização e tradução

hedra

São Paulo_2011

Copyright © Hedra 2011
Copyright da tradução e
textos complementares © Eduardo San Martin

Grafia atualizada segundo o Acordo Ortográfico da Língua Portuguesa de 1990, em vigor no Brasil desde 2009.

Corpo Editorial
Adriano Scatolin,
Alexandre B. de Souza,
Bruno Costa,
Caio Gagliardi,
Fábio Mantegari,
Felipe C. Pedro,
Iuri Pereira,
Jorge Sallum,
Oliver Tolle,
Ricardo Musse,
Ricardo Valle

Edição Bruno Costa
Coedição Iuri Pereira e Jorge Sallum
Capa Ronaldo Alves
Programação e diagramação em LaTeX Bruno Oliveira
Assistência editorial Bruno Oliveira e Pedro A. Pinto
Revisão Jacob Lebensztayn

Dados Internacionais de Catalogação na Publicação (CIP)

D784 Doyle, Arthur Conan (1859–1930).
    Contos de piratas. / Arthur Conan Doyle. Organização e Tradução de Eduardo San Martin. – São Paulo: Hedra, 2011.
    120 p.
ISBN 978-85-7715-252-0

1. Literatura Inglesa. 2. Contos. 3. Pirataria. 4. Piratas. I. Título. II. Martin, Eduardo San, Organizador. III. Martin, Eduardo San, Tradutor.

CDU 820
CDD 823

Todos os direitos desta edição reservados à
EDITORA HEDRA LTDA.
Rua Fradique Coutinho, 1139 (subsolo)
05416-011 São Paulo SP Brasil
+55 11 3097 8304
editora@hedra.com.br
www.hedra.com.br

Sumário

Contos de piratas 7

Capitão Sharkey e a volta do governador
de Saint Kitt's para casa 9

As transações do capitão Sharkey
com Stephen Craddock 27

A ruína de Sharkey 43

Como Copley Banks matou o capitão Sharkey 59

O *Slapping Sal* 73

O pirata de terra firme — uma hora movimentada 85

Apêndice 101

Sobre o autor e o livro 103

Minibiografia dos piratas reais mencionados 115

Contos de piratas

Capitão Sharkey e a volta do governador de Saint Kitt's para casa

QUANDO TERMINARAM as grandes Guerras pela Sucessão na Espanha,[1] através do Tratado de Utrecht,[2] um vasto número de navios particulares, armados para pilhar o inimigo durante o conflito, viu o fim da sua ocupação. Parte deles voltou-se para atividades mais pacíficas, mas menos lucrativas, como o comércio convencional. Outros foram absorvidos por companhias pesqueiras. Alguns dos mais impacientes, entretanto, hastearam uma

---

[1] Guerra da Sucessão da Espanha: entre 1701 e 1714, várias monarquias europeias, com apoio do Vaticano, lutaram contra os espanhóis leais a Felipe V da França e seus aliados da Baviária, temendo uma unificação dos reinos da Espanha e da França sob comando da Casa dos Bourbon. A paz foi obtida, quando Felipe se tornou rei da Espanha, mas abdicou de seus direitos sobre o trono da França.
[2] Tratado de Utrecht: em 1713, Espanha, Grã-Bretanha, França, Portugal, Holanda e Países Baixos assinaram uma série de acordos bilaterais entre si, terminando com a Guerra pela Sucessão da Espanha. A assinatura se deu na cidade holandesa de Utrecht.

Jolly Roger,³ a bandeira dos piratas,⁴ na mezena⁵ e outra ensanguentada no mastro principal, declarando guerra contra toda a humanidade por conta própria.

Com tripulações as mais diversas, recrutadas de qualquer nação, estes barcos varavam os mares, desaparecendo de vez em quando para cuidar do casco em uma enseada isolada, ou entrando em algum porto remoto para se divertir, onde fascinavam os moradores com o seu esbanjamento e os aterrorizavam com suas brutalidades.

Na costa de Coromandel,⁶ em Madagascar, nas águas da África e, sobretudo, nas Índias Ocidentais, pelos mares da América, os piratas se tornaram uma ameaça constante. Davam-se ao luxo insolente de orientar suas pilhagens pela comodidade, de acordo com as estações do ano. Saqueavam a Nova Inglaterra

---

³ Jolly Roger: a bandeira preta dos piratas com uma caveira sobre duas tíbias indicando a morte, conforme consagrada pela literatura. Em geral, os piratas tendiam a hastear uma simples bandeira preta para intimidar suas vítimas.

⁴ **Pirata:** Na linguagem naval, trata-se de um aventureiro dos mares que assalta e rouba navios mercantes e povoações costeiras. Termo usado desde a Grécia antiga, confunde-se com corsário e bucaneiro, sendo mais frequentemente associado a ladrão dos mares da Inglaterra e Reino Unido. **Corsário:** comandante e tripulantes de navio privado com carta de corso, ou comissão oficial de um governo, autorizando a pilhagem de navios ou domínios de países inimigos. Equivale a *privateer*, em inglês, mas é empregado como sinônimo de pirata e bucaneiro, principalmente da França, Portugal e Espanha. **Bucaneiro:** Historicamente, designa escravos fugidos, criminosos e desterrados que se instalaram, no final do século XVII, pela América Central (principalmente no Haiti) e ilhas de Madagascar, na África Oriental. Na região do Caribe, destacavam-se por atos de pirataria contra navios e domínios da Espanha. Eram exímios caçadores e curtidores de carne de gado selvagem, o que lhes deu origem ao nome, por chamarem de *boucan* o modo de preparo (cocção, salgamento e defumação) da carne bovina a partir do fogo de chão. Na prática, a designação confunde-se com pirata e corsário.

⁵ Mezena: vela latina (triangular) ou a retangular que se enverga no mastro da mezena; mastro desta vela principal; mastro de ré para velas latinas em navios de três mastros.

⁶ Coromandel: a costa de Coromandel era uma parada obrigatória de piratas e mercadores fazendo a "rota das Índias". Era um território tâmil na costa sudeste do subcontinente asiático (Índia) e da ilha de Sri Lanka.

no verão, descendo de volta às ilhas tropicais do sul durante o inverno.

Eram ainda mais temidos por não cultivarem a disciplina e a moderação que tornaram seus antecessores, os bucaneiros, poderosos e respeitáveis. Estes *ismaéis do mar* não prestavam contas a homem algum e tratavam seus prisioneiros com os caprichos repentinos dos bêbados. Surtos de generosidade grotesca alternavam-se com momentos mais prolongados de ferocidade inimaginável. O capitão de navio que caísse em suas mãos tanto podia ser jogado fora junto com a carga, depois de o tratarem como um bom parceiro em alguma depravação horripilante, como terminar sentado na mesa de sua cabine, diante do próprio nariz e lábios servidos com sal e pimenta. Naquele tempo, um marinheiro tinha que ser um homem muito forte para exercer seu ofício no Golfo do Caribe.

Um destes homens era o capitão John Scarrow, do navio *Morning Star*, e até ele soltou um longo suspiro de alívio ao ouvir a âncora bater na água, atracando a 100 jardas[7] dos canhões da cidadela de Basseterre.[8] St. Kitt's era o último porto de escala.[9] Na manhã seguinte, apontaria o gurupés[10] do bico de proa[11] para a velha Inglaterra. Estava farto daqueles mares assombrados por ladrões. Desde que deixara Maracaibo, no continente, com carga máxima de açúcar e pimenta vermelha, contraía o rosto diante de toda vela gávea que reluzisse cintilante no horizonte violeta do mar dos trópicos. Costeara as Ilhas Barlavento,[12] atracando

---

[7] Jarda: unidade inglesa e norte-americana, equivalente a 91,44 cm.

[8] Basseterre (Terras Baixas): nome genérico ou transitório de povoados à beira-mar, situados na entrada de estuários das ilhas do Caribe. A *Basseterre* mais documentada ficava na ilha de Tortuga. Conan Doyle se refere ambiguamente a outra, na ilha de Saint Kitt's.

[9] Porto de escala: parada obrigatória ou prevista de navio mercante, para comércio ou reabastecimento.

[10] Gurupés: mastro de proa (bico de proa).

[11] Proa: a parte dianteira de uma embarcação.

[12] Barlavento: direção de onde sopra o vento. Também lado da embarcação que recebe vento a favor da navegação.

aqui e ali, continuamente sobressaltado por histórias de ultraje e vilania.

O capitão Sharkey, com uma barca pirata de vinte canhões, a *Happy Delivery,* tinha passado costa abaixo, emporcalhando as praias com barcos aos pedaços e homens mortos. Eram frequentes as histórias horripilantes sobre seus prazeres macabros e a sua ferocidade incontrolável. Das Bahamas ao continente, sua barca negra como carvão, de nome ambíguo (*Feliz Entrega*), vinha carregada de morte e coisas muito piores do que a morte.

De tão apreensivo com seu navio novo, todo equipado e abarrotado de carga valiosa, o capitão Scarrow desviou a oeste, afastando-se até a Ilha de Bird, só para sair da rota comercial mais comum. Mesmo naquelas águas solitárias, entretanto, não conseguira evitar rastros funestos do capitão Sharkey.

Certa manhã, recolheram um esquife[13] à deriva na superfície do oceano. Seu único ocupante era um marinheiro delirante, que berrava de voz rouca enquanto o alçavam a bordo,[14] mostrando uma língua ressequida feito um cogumelo preto e murcho no fundo da boca. Água e bons cuidados logo o transformaram no marinheiro mais forte e mais esperto do navio. Ele era, pelo que parecia, de Marblehead, na Nova Inglaterra, e o único sobrevivente de uma escuna posta a pique pelo medonho Sharkey.

Hiram Evanson — esse era seu nome — ficara uma semana boiando a esmo sob o sol tropical. Sharkey dera ordens para colocarem no bote os restos do corpo mutilado do capitão da escuna, "como provisão para a viagem". O marinheiro, entretanto, os jogara fora imediatamente, a fim de evitar que a tentação se tornasse maior do que sua resistência. Vivera das reservas de seu corpo avantajado até o último momento, com o *Morning Star* já o encontrando naquele delírio que antecipa este tipo de morte.

---

[13] Esquife: pequeno barco de serviço em embarcações maiores.
[14] Bordo: lado da embarcação, ou cada parte que define o corpo do barco longitudinalmente.

Para o capitão Scarrow, não fora nada mau tê-lo salvado. Faltavam braços na tripulação e um marinheiro forte como aquele sujeito da Nova Inglaterra era um prêmio que valia a pena. Ele garantiu ser o único homem que nunca deveu favor ao capitão Sharkey.

Agora que estavam sob a proteção dos canhões de Basseterre, o pirata não representava qualquer perigo. Mesmo assim, a preocupação pesava na mente do navegador. Foi quando observou o barco de um agente lançar-se para fora da casa da aduana.

— Aposto com você, Morgan — disse a seu imediato —, que o agente vai mencionar Sharkey nas primeiras cem palavras que passarem por seus lábios.

— Bem, capitão, ponho um dólar de prata e me arrisco — respondeu o velho bruto de Bristol a seu lado. Os remadores negros trouxeram o bote até a lateral do navio, e o timoneiro, vestido de linho branco, subiu a escada.

— Bem-vindo, capitão Scarrow! — exclamou. — Já sabe do Sharkey?

O capitão sorriu para o imediato.

— Que diabrura ele cometeu agora? — perguntou.

— Diabrura? Então o senhor ainda não sabe? Ele está conosco, preso a sete chaves aqui em Basseterre. Foi julgado na quarta-feira e será enforcado amanhã de manhã.

O capitão e o imediato exultaram de alegria, acompanhados em seguida pela tripulação. A disciplina foi relaxada e os marinheiros se empoleiraram pelo tombadilho[15] do castelo de popa[16] para ouvir a novidade. O náufrago da Nova Inglaterra veio na frente dos outros, olhando radiante para o céu, por ser descendente de puritanos.

— Sharkey vai ser enforcado! — exclamou. — Não sabe se precisam de um carrasco, senhor agente?

---

[15] Tombadilho: superestrutura erguida na popa de um navio. Pode referir-se a todo o castelo de popa ou apenas a seu assoalho.

[16] Castelo (de popa, de proa): construções acima do convés geral da embarcação.

— Para trás! — berrou o imediato, cuja noção de disciplina era muito mais forte do que seu interesse pela notícia. — Vou lhe pagar aquele dólar, capitão Scarrow. Nunca me senti tão bem perdendo uma aposta. Como é que pegaram o bandido?

— Isso aconteceu porque ele se tornou excessivo para seus próprios companheiros, que não o aguentaram mais. Sentiam tanta ojeriza por ele, que não o queriam a bordo. Assim, ele foi abandonado em Little Mangles, ao sul dos bancos de areia de Misteriosa, onde foi encontrado por um mercador de Portobello e entregue aqui. Falaram em mandá-lo à Jamaica para julgamento, mas o nosso bom e humilde governador, Sir Charles Ewan, não permitiu. "A carniça é minha", disse, "e me dou o direito de cozinhá-la". Se puder esperar até amanhã às 10 horas, verá suas pernas balançando no ar.

— Antes pudesse — respondeu o capitão com pesar —, mas infelizmente estou muito atrasado. Devo partir com a maré do anoitecer.

— Não pode fazer isso — reagiu o agente com veemência. — O governador vai voltar com o senhor.

— O governador?

— É. Ele recebeu ordens do governo para retornar sem demora. A barca ligeira que o trouxe seguiu para Virgínia. De modo que Sir Charles estava à sua espera, desde que lhe avisei que o senhor era esperado aqui antes das chuvas.

— Está bem, está bem — gritou o capitão, um pouco perplexo. — Sou só um marinheiro. Não sei muito sobre governadores, baronetes e seus hábitos. Não me lembro sequer de ter conversado com um. Entretanto, tratando-se de prestar serviço ao rei George e se o governador deseja que eu o leve até Londres no *Morning Star*, farei por ele o que estiver a meu alcance. Ele é bem-vindo a ocupar minha cabine. Quanto à alimentação, servimos carne ensopada com biscoito e picadinho de arenque seis dias por semana. Caso considere nosso cardápio rústico demais para o seu paladar, ele pode trazer um cozinheiro.

— Não precisa se preocupar com isso, capitão Scarrow —

disse o agente. No momento, Sir Charles está com a saúde debilitada. Acaba de se livrar de um ataque de malária. É provável, portanto, que permaneça em sua cabine a maior parte da viagem. O dr. Larousse disse que ele teria se acabado, caso o enforcamento de Sharkey não lhe soprasse uma vida nova. Apesar disso, continuava com espírito elevado e ninguém podia condená-lo por ser de poucas palavras.

— Ele pode dizer ou fazer o que quiser, menos me dar ordens pelas costas quando eu estiver trabalhando no navio — disse o capitão. — Ele é governador de Saint Kitt's, mas quem governa o *Morning Star* sou eu. Quanto à partida, preciso levantar âncora com a primeira maré. Tenho tantas obrigações para com o meu empregador, quanto para com o rei George.

— Ele dificilmente vai se aprontar hoje à noite, porque precisa pôr muita coisa em ordem antes de partir.

— Na primeira maré da manhã, então.

— Muito bem. Devo mandar as suas coisas a bordo ainda hoje à noite e ele virá amanhã cedo, caso consiga convencê-lo a deixar St. Kitt's antes de assistir a Sharkey fazendo a dança dos enforcados.[17] Suas ordens tinham efeito imediato; assim, pode ser que venha de uma vez. É provável que o dr. Larousse possa cuidar dele durante a viagem.

Uma vez a sós, o capitão e o imediato começaram a preparar o barco o melhor possível para receber tão ilustre passageiro. A cabine grande foi arrumada e redecorada em sua homenagem. Mandaram trazer a bordo barris de frutas e algumas caixas de vinho para variar a comida simples de navio mercante em alto mar. Ao anoitecer, a bagagem do governador começou a chegar — baús enormes, revestidos de ferro, à prova de formiga,

---

[17] Dança dos enforcados: pela lei do Reino Unido, até o século XIX, os condenados à forca não tinham direito a morte rápida. A sentença exigia que ficassem esperneando durante horas até a pressão da corda no pescoço finalmente romper as vértebras cervicais e esmagar as vias nervosas. Os cadafalsos já eram construídos com uma altura específica para que o condenado não morresse instantaneamente.

caixas de latão com selo oficial, entre outros pacotes de feitios estranhos, que sugeriam conter um chapéu emplumado ou uma espada. Então, chegou uma nota, com um emblema heráldico gravado sobre um grande lacre vermelho, dizendo que Sir Charles Ewan enviava seus agradecimentos ao capitão Scarrow e esperava estar com ele pela manhã, tão cedo quanto seus deveres e enfermidades lhe permitissem.

O governador cumpriu a palavra ao pé da letra. As primeiras manchas cinzentas do amanhecer mal começavam a se tornar cor-de-rosa, quando o trouxeram até a lateral do navio. Subiu a escada com alguma dificuldade. O capitão ouvira falar que o governador era um excêntrico, mas ele não estava preparado para a curiosa figura que se aproximou do tombadilho, capenga e frágil, apoiando os passos numa grossa bengala de bambu. Usava uma peruca *Ramillies*, toda encrespada, feito o pelo de um cachorro *poodle*, enterrada na cabeça até a testa. As enormes lentes esverdeadas dos óculos que cobriam seus olhos pareciam penduradas nela. Um nariz em bico, agressivo, fino e alongado, cortava o ar à sua frente. A malária fazia com que cobrisse a garganta e o queixo com uma larga manta de linho branco. Vestia um roupão damasco, fechado na cintura por um cordão. Avançava com o nariz imponente empinado no ar, mas a cabeça virava-se lentamente de um lado para o outro, do jeito desamparado de quem tem vista curta. Chamou o capitão com voz estridente e irritante.

— Está com as minhas coisas? — perguntou.
— Sim, Sir Charles.
— Há vinho a bordo?
— Providenciei cinco caixas, Sir.
— E tabaco?
— Há um barrilete vindo de Trinidad.
— Joga uma rodada de piquê?[18]
— Razoavelmente bem, Sir.
— Então, é levantar a âncora e ir ao mar.

---

[18] Piquê: jogo de cartas, também chamado jogo da centena.

Havia um vento fresco a oeste. Assim, quando o sol se impunha sobre o nevoeiro da manhã, o navio já estava com o casco fora das ilhas. O governador decrépito, capengando pelo convés,[19] orientava-se apoiando uma mão na murada.[20]

— Agora, capitão, o senhor está a serviço do governo — disse. — Asseguro que estão contando os dias para meu retorno a Westminster.[21] A barca veleja com tudo que aguenta?

— Até a última polegada,[22] Sir Charles.

— Mantenha-a assim, mesmo que o vento lhe arranque as velas. Temo, capitão Scarrow, que um homem alquebrado e cego não será companhia das melhores durante a viagem.

— Para mim, é uma honra desfrutar do convívio com Vossa Excelência — respondeu o capitão. — Lamento que os olhos de Vossa Excelência estejam tão debilitados.

— Sim, de fato. A maldita luz do sol nas ruas brancas de Basseterre chegou a ponto de queimá-los.

— Ouvi dizer que Vossa Excelência também foi atacado pela malária.

— Sim, tive um febrão que me abateu muito.

— Reservamos uma cabine para o seu médico-cirurgião.

— Ah, aquele vigarista! Não houve jeito de arrancá-lo do porto. Ele ganha muito negociando com os mercadores. Mas ouça lá!

---

[19] Convés: pisos ou pavimentos de um navio, sejam abertos ou cobertos, às vezes indicando o assoalho onde se encontram as peças de artilharia, às vezes a área de vante entre o mastro e a proa, dita coberta do castelo.

[20] Amurada (murada): parte do costado que se prolonga acima do convés de um navio e que serve de parapeito à tripulação. Também a face interna do costado.

[21] Westminster: hoje uma região central de Londres, a City of Westminster já foi um mundo à parte, ao sul da City of London. Ainda é o centro do poder político na capital britânica. Ali fica o palácio residencial da rainha, o Parlamento, a catedral, a abadia, a sede do governo, a residência oficial do primeiro-ministro e do chefe do tesouro etc.

[22] Polegada: medida inglesa de comprimento correspondente a 2,54 cm.

Ergueu sua mão coberta de anéis no ar. De longe, vindo do lado da popa,[23] soou o estrondo grave e abafado de um canhão.

— Vem da ilha! — o capitão reagiu surpreso. — Pode ser um aviso para voltarmos?

O governador riu.

— Acabaram de ouvir que Sharkey, o pirata, foi enforcado esta manhã. Mandei dispararem uma salva de tiros quando o bandido estivesse dando seus últimos coices no ar, de modo que eu ficasse sabendo daqui do mar. Este é o fim de Sharkey!

— É o fim de Sharkey! — o capitão exclamou. A tripulação repetiu aos gritos e amontoou-se em pequenos grupos pelo convés, olhando o contorno baixo e púrpura da terra que desaparecia ao fundo.

Era um bom presságio começar assim a travessia do oceano ocidental. O governador inválido se revelou uma personalidade popular a bordo. De modo geral, acreditava-se que, não fosse a insistência do governante no julgamento imediato e execução sumária da sentença, o vilão Sharkey poderia ter feito um acerto com um juiz à venda e escapado.

Naquele dia, na hora da ceia, Sir Charles contou muitas histórias sobre o pirata morto. Ele se revelou muito cordial e talentoso ao adaptar sua conversa em linguajar acessível a homens de condição inferior. O capitão, o imediato e o governador ficaram fumando seus longos cachimbos e bebendo clarete como três bons camaradas.

— Qual a aparência de Sharkey no banco dos réus? — quis saber o capitão.

— Ele é um homem com uma certa presença — disse o governador.

— Sempre ouvi dizer que era um diabo insolente e horripilante — reagiu o imediato.

— Bem, ouso dizer que ele pode parecer medonho em determinadas circunstâncias — continuou o governador.

---

[23] Popa: a parte traseira de uma embarcação, oposta à proa.

— Ouvi de um baleeiro de Nova Bedford ser impossível esquecer os seus olhos — comentou o capitão Scarrow. Seriam de uma película azul muito clara, com pálpebras e bordas vermelhas. Não eram assim, Sir Charles?

— Ah, os meus olhos não me permitem saber tanto sobre os olhos dos outros! Agora, lembro do ajudante geral dizendo que tinha olhos bem como descreveu o capitão. Também disse que os jurados eram imbecis que perdiam a compostura quando o pirata os encarava. É melhor para eles que esteja morto, pois se tratava de homem que jamais perdoava uma injúria. Se pusesse as mãos sobre um, este seria empalhado e usado como figura de proa.

A ideia parecia divertir o governador, porque, subitamente, ele caiu numa gargalhara rangida e escandalosa. Os dois marinheiros também riram, mas não com o mesmo entusiasmo. Sabiam que Sharkey não era o único pirata pelos mares ocidentais e eles mesmos ainda poderiam terminar com destino grotesco semelhante. Mais uma garrafa foi aberta, a fim de beberem por uma boa viagem. O governador as esvaziava uma atrás da outra. Os marinheiros, então, sentiram-se aliviados quando finalmente, passo a passo, conseguiram retirar-se do convés. Um foi render o vigia, o outro para o seu beliche.

Passadas as quatro horas do seu turno na vigia, ao descer de volta ao convés, o imediato ficou impressionado ao ver o governador com a sua peruca *Ramillies*,[24] óculos e roupão, ainda sentado na mesa solitária, sedado, com seu cachimbo fedorento e seis garrafas escuras a seu redor.

— Bebi com o governador de St. Kitt's quando ele estava doente — disse —, mas Deus me livre de algum dia ter de acompanhá-lo quando esteja passando bem.

---

[24] Ramillies (peruca): peruca de crina trançada (alguns diziam chinó) e branqueada com talco perfumado, usada até o século XIX por ricos e aristocratas do Reino Unido e até hoje pelos juízes de Sua Majestade.

A viagem do *Morning Star* foi um sucesso. Cerca de três semanas mais tarde, a barca estava na boca do Canal da Mancha. Desde o primeiro dia, o debilitado governador parecia recuperar cada vez mais sua força. Antes mesmo de chegarem no meio da travessia do Atlântico, ele parecia — exceto pela falta de visão — tão saudável quanto qualquer um a bordo. Os que acreditam nas qualidades nutrientes do vinho poderiam destacá-lo em triunfo. Não houve uma noite sequer que não repetisse a cena da primeira. Mesmo assim, estava pelo convés de manhã cedo, alerta e bem disposto como os melhores a bordo, fazendo perguntas sobre velas e encordoamento, ansioso para aprender a vida no mar. Compensou sua deficiência visual obtendo ordens do capitão para que o marinheiro da Nova Inglaterra — o náufrago que encontraram no bote — o guiasse pelo navio e, acima de tudo, se sentasse a seu lado quando jogasse cartas, para que contasse os pontos, pois, sem ajuda, o governador não diferenciava o rei do valete.

Era natural que este Evanson servisse o governador com a maior boa vontade. Ele fora uma das vítimas do vilão Sharkey, enquanto o outro era seu vingador. Notava-se o prazer com que o americano gigantesco dava o braço àquele inválido. À noite, ficava respeitosamente atrás de sua cadeira, apontando que carta deveria jogar com a unha rombuda do seu enorme dedo indicador. O certo é que, ao avistarem a Ponta Lizard na Cornuália, sobrava muito pouco nos bolsos do capitão Scarrow ou de Morgan, seu imediato.

Não demorou muito para descobrirem que tudo que ouviram falar sobre o temperamento exaltado de Sir Charles Ewan estava aquém da verdade. Diante de qualquer sinal de discórdia ou argumento contrário, seu queixo projetava-se para fora do cachecol, o nariz avantajado empinava-se em ângulo ainda mais insolente, enquanto sua bengala de bambu zunia por cima dos ombros. Uma vez, partiu-a na cabeça do carpinteiro, porque o homem lhe deu um encontrão sem querer no convés. Outra vez, quando corriam rumores sobre um motim contra as condições da comida, ele era da opinião de que não deveriam esperar os cães se rebelarem. Deveriam marchar em sua direção e cair em cima deles, batendo até lhes tirar o diabo do corpo.

— Me deem uma faca e um balde! — gritou praguejando e mal conseguiram impedi-lo de avançar sozinho para enfrentar o líder dos marinheiros.

O capitão Scarrow precisou lembrá-lo de que, embora só prestasse contas a si mesmo em St. Kitt's, matar significava homicídio em alto mar. Na política, seu cargo oficial o fazia firme defensor da Casa de Hanover. Quando bebia, jurava jamais ter encontrado um jacobino sem descarregar as pistolas nele, onde quer que fosse. Apesar de toda a arrogância e agressividade, o governador era tão boa companhia, com tamanho repertório de anedotas e recordações incomuns, que Scarrow e Morgan não se lembravam de outra viagem passada de maneira tão agradável.

Com a chegada do último dia, enfim, contornaram a ilha e voltaram a ver terra, ao despontarem as brancas pedras altas de Beachy Head. Ao cair da noite, o barco rolou sobre águas oleosas de tão tranquilas, até uma milha[25] de distância de Winchelsea, tendo em frente a pronunciada e sombria protuberância de Dungeness. Na manhã seguinte, buscariam o piloto deles em Foreland, e Sir Charles conseguiria reunir-se com os ministros do rei em Westminster antes de anoitecer. O mestre de convés[26] estava na vigia e os três amigos encontraram-se para um último jogo de cartas na cabine do governador, com o americano fiel sempre lhe servindo de olhos. Havia um bom montante de apostas na mesa. Os marinheiros tentavam, nessa última noite, recuperar as perdas que tiveram com o passageiro. De repente, ele jogou as cartas na mesa e recolheu todo o dinheiro para os bolsos da sua longa veste de seda.

---

[25] Milha: medida ainda em uso em países de expressão inglesa. A milha terrestre equivale a 1.609 m., a milha náutica a 1.852 m. Antigamente correspondia a 2.200 m.

[26] Mestres (de convés, de armas, de guarnição, contramestre): títulos de oficiais de bordo.

— O jogo é meu! — disse.

— Eh, Sir Charles, não tão rápido — reagiu o capitão Scarrow. — O senhor ainda não jogou e nós ainda não perdemos.

— Vou afogá-lo por mentir — respondeu o governador. — Estou avisando que meu jogo está feito e esta partida vocês perderam.

Enquanto falava, arrancou a peruca e os óculos, revelando a testa de careca pronunciada e um par de olhos azuis irrequietos, com os contornos vermelhos de um *bull terrier*.

— Meu Deus! — exclamou o imediato. — É o Sharkey!

Os dois marinheiros pularam da suas cadeiras, mas o enorme náufrago americano colocou as costas largas contra a porta da cabine, com uma pistola em cada mão. O passageiro também pôs uma pistola sobre as cartas espalhadas à sua frente e soltou uma gargalhada aguda e irritante.

— Capitão Sharkey é o meu nome, cavalheiros — disse. — Este aqui é o "homem que ruge", Ned Galloway, o contramestre do *Happy Delivery*. Deixamos a coisa quente demais e os outros nos abandonaram: eu numa ilhota sem água de Tortuga, ele num bote sem remos. Agora vocês, cães, seus pobres cachorros mansos de coração mole, vocês estão na mira das nossas pistolas!

— Pode ser que atire, ou não! — gritou Scarrow, batendo com a mão no peito do seu casaco de lã grossa. — Se este é meu último suspiro, Sharkey, morro dizendo que você é um velhaco sanguinário, um torpe, com a morte na forca e o fogo do inferno à sua espera!

— Eis um homem corajoso, um homem feito com rins iguais aos meus,[27] que terá uma morte muito elegante! — vociferou Sharkey. — Não há ninguém na popa, exceto o timoneiro. Assim, pode poupar o fôlego, pois vai precisar muito dele em breve. O bote está lá atrás, Ned?

— Sim, sim, capitão.

---

[27] Alguém com rins iguais aos meus: expressão inglesa equivalente a "alguém igual a mim".

— E os outros barcos menores, fora de ação?
— Fiz três furos em cada um.
— Então, teremos que deixá-lo, capitão Scarrow. Você está com a aparência de alguém que ainda não voltou inteiramente a si. O senhor gostaria de me dirigir alguma pergunta?
— Para mim, você é o diabo em pessoa! — gritou o capitão. — Onde está o governador de St. Kitt's?
— A última vez que o vi, Sua Excelência estava na cama, com a garganta cortada. Quando fugi da prisão, meus amigos me avisaram (o capitão Sharkey tem quem o ame em todo porto) da partida iminente do governador para a Europa, em um navio cujo capitão nunca o vira. Escalei a casa dele pela sacada e acertei uma pequena conta que lhe devia. Então, vim a bordo do seu navio com as coisas dele que me pareceram necessárias, além de um par de óculos para esconder estes meus olhos reveladores, e me portei como um governador deveria. Ned, agora pode se ocupar deles.
— Socorro! Socorro! Atenção a bordo! — gritou o imediato, mas o cabo da pistola do pirata bateu com força contra a sua cabeça e ele caiu no chão feito um boi no abate. Scarrow correu para a porta da cabine, porém o guarda tapou sua boca com uma mão e abraçou-o pela cintura com a outra.
— Não adianta, Mestre Scarrow — disse Sharkey. — Deixe-nos vê-lo de joelhos implorando por sua vida.
— Ainda o verei... — gritou Scarrow, contorcendo-se até desobstruir a boca.
— Torce o braço dele, Ned. E agora, vai ajoelhar?
— Não, nem que torçam até arrancá-lo do corpo.
— Enfia uma polegada da ponta da faca nele.
— Pode enfiar seis polegadas, que não me ajoelho.

— Que me ponham a pique![28] Eu gosto desta valentia! — rebateu Sharkey. — Guarde a faca no bolso, Ned. Salvou a própria pele, Scarrow. É uma lástima que um homem com tanta fibra não se dedique ao único ofício que possibilita a um bom sujeito ganhar a vida. Você não nasceu para uma morte qualquer, Scarrow, pois já esteve à minha mercê e viveu para contar a história. Amarre-o, Ned.

— Para o forno, capitão?

— Neca, neca. O forno está aceso. Não me venha com um dos seus truques de pirata, Ned Galloway, a não ser quando receba ordens neste sentido. Caso contrário, terei de lhe ensinar quem, aqui entre nós, é o capitão e quem é o imediato. Amarre-o firme na mesa.

— Não é isso. Achei que tinha dito para assá-lo — reagiu o contramestre. — Tenho certeza de que o senhor não quer que ele escape.

— Se você e eu estivéssemos abandonados numa enseada das Bahamas, Ned Galloway, ainda seria eu a comandar e você a obedecer. Vou afogá-lo por vilania, pela ousadia de questionar minhas ordens.

— Não, não, capitão Sharkey. Não é para esquentar tanto, Sir! — disse o contramestre, que levantou Scarrow como se fosse uma criança e deitou-o na mesa. Com rapidez e destreza de marinheiro, amarrou pés e mãos estendidos nas laterais com uma corda que passava por baixo da mesa, amordaçando-o com a manta larga usada para cobrir o pescoço do governador de St. Kitt's.

— Agora, capitão Scarrow, precisamos deixá-lo — disse o pirata. — Se tivesse comigo meia dúzia de rapazes mais animados, eu ficaria com o navio e a carga. Ned, o "homem que ruge", não encontrou um único marinheiro com a coragem de

---

[28] Que me ponham a pique: expressão comum entre marinheiros, aproveitada por Arthur Conan Doyle como uma reação característica (recorrente) do capitão Sharkey.

um rato. Vejo alguns barcos menores por aí. Vamos pegar um deles. Quando o capitão Sharkey tem um bote, ele consegue um barco pesqueiro; com um pesqueiro, ele captura um brigue;[29] com um brigue, apreende uma barca; com uma barca, ele logo tem um navio completo — assim sendo, chegue depressa a Londres, ou ainda sou capaz de voltar à procura do *Morning Star*.

O capitão Scarrow ouviu a chave girando na fechadura ao saírem da cabine. Enquanto tentava soltar-se das amarras, ouviu passos pela escada de acesso ao convés até o bote de popa. Foi quando, ainda lutando e se contorcendo, ouviu o ranger das roldanas e o baque do bote na água. Com uma fúria louca, arrebentou as cordas e afrouxou as amarras até que, mesmo com punhos e tornozelos em carne viva, rolou de cima da mesa. Passando por cima do imediato morto, abriu a porta a pontapés e correu para o convés sem o quepe na cabeça.

— Ó de bordo! — gritou. — Peterson, Armitage, Wilson! Cutelos e pistolas! Abram o caminho para arriar[30] o escaler! Ponham a guiga[31] na água! Sharkey, o pirata, vai de bote lá longe. Assobie avisando o vigia a bombordo:[32] mestre e todas as mãos úteis nos botes.

A escuna bateu na água, seguida pela guiga. Pouco depois, marinheiros e timoneiros estavam de volta no convés, escalando as laterais por redes e cordas.

— Os barcos estão furados! — gritaram. — Fazem água como uma peneira.

O capitão praguejou contrariado. Fora batido e vencido em todos os sentidos. No alto, havia um céu estrelado, sem nuvens,

---

[29] Brigue (bergantim): navio com dois mastros usado pelas marinhas de guerra no início do século XIX.
[30] Arriar: soltar, deixar correr lentamente, o cabo ou amarra de sustentação de verga (pau de sustentação horizontal ou em ângulo oblíquo das velas nos mastros), mastaréu, bandeira etc.
[31] Guiga: barco a remo estreito e alongado de alta velocidade (modelo semelhante ao usado até hoje em regatas).
[32] Bombordo: lado esquerdo de uma embarcação, olhando-se de ré para vante.

sem vento ou nem mesmo promessa de vento. As velas reluziam inúteis ao luar. Longe, havia um escaler de pescador, com os homens amontoando-se sobre as redes.

Perto do pesqueiro, um pequeno bote balançava, mergulhando e subindo sobre as ondas brilhantes.

— Aqueles estão mortos — gritou o capitão. — Vamos gritar todos juntos, rapaziada, para avisá-los do perigo.

Era tarde demais.

Naquele exato momento, o bote disparou contra a sombra do pesqueiro. Foram dois tiros rápidos de pistola, um grito, depois mais um tiro, seguido de silêncio. Os pescadores amontoados nas redes desapareceram. Foi então que, de repente, quando os primeiros sopros de uma brisa de terra chegaram da costa de Sussex, a pequena barca recolheu o pau de carga,[33] estufou a vela principal e partiu de proa para o Atlântico.

---

[33] Pau de carga (haste de guincho de carga): haste com uma roldana na ponta e uma rede ou gancho, utilizada para transporte de carga para dentro ou fora do porão.

As transações do capitão Sharkey com Stephen Craddock

A LIMPEZA e a manutenção da carena[34] eram algo muito importante para o pirata antigo. Ele dependia de um navio veloz, fosse para perseguir e capturar um navio mercante, fosse para fugir de um navio de guerra. Era impossível, entretanto, manter essas qualidades ao navegar, a não ser que — pelo menos uma vez por ano — limpasse o casco, arrancando as plantas longas feito uma cauda e os crustáceos incrustados, que se juntam tão rapidamente nos mares tropicais.

Para isso, ele deixava o navio leve e metia-o por um braço de mar estreito, onde ficasse no alto e no seco, quando a água baixava. Amarravam as talhas e roldanas no mastro a fim de puxá-lo, virando o casco para raspá-lo de ponta a ponta, da porta do leme[35] ao quebra-mar.[36]

---

[34] Carena (querena): cobertura exterior ou invólucro da parte do casco do navio que fica submersa.

[35] Porta do leme (saia ou safrão): peça chata de madeira, que se prende e se ajusta sobre o dorso do leme para lhe dar maior largura, tornando-o mais eficiente ou reativo ao curso estabelecido pelo piloto ou timoneiro. Também se diz suplemento do leme.

[36] Quebra-mar (talha-mar, roda-de-proa): ponta dianteira do barco, que

Durante as semanas consumidas dessa maneira, o navio, é claro, ficava indefeso. Por outro lado, entretanto, não tinha como ser abordado por qualquer coisa mais pesada do que um casco vazio. O lugar para carenagem[37] ainda era escolhido com a intenção de mantê-lo secreto, de modo que não houvesse maior perigo.

Os capitães sentiam-se tão seguros, que não era raro, nessas horas, deixarem seus navios sob a vigilância que considerassem suficiente e saírem de lancha,[38] fosse para caçar por diversão, ou, mais frequentemente, para visitar alguma cidade remota, onde viravam a cabeça olhando as mulheres feito conquistadores arrogantes —, fosse para abrir pipas de vinho na praça do mercado, ameaçando com a pistola quem se recusasse a beber junto.

Às vezes, apareciam até em cidades do porte de Charleston e percorriam as ruas com as armas tilintando na cintura — um escândalo escancarado diante de toda aquela colônia respeitadora das leis. Nem sempre estas visitas eram recompensadas com impunidade. Foi numa delas, por exemplo, que o tenente Maynard cortou a cabeça de Barba Negra, espetando-a na ponta do mastro de proa. Entre os piratas, a regra era perturbar, ameaçar e emporcalhar à vontade, sem incômodo ou empecilho, até a hora de voltar para seu navio.

Havia um pirata, entretanto, que jamais cruzara nem mesmo as margens da civilização: o sinistro Sharkey, da barca *Happy Delivery*. Talvez fosse devido a seu temperamento soturno e solitário, ou, como é mais provável, ele sabia que sua reputação naquela costa era tal que a humanidade ultrajada se lançaria sobre ele sem medir risco. Assim, nunca, nem uma única vez, mostrara a cara em um povoado.

Quando sua barca estava emborcada, ele a deixava sob o comando de Ned Galloway — o contramestre da Nova Inglaterra

---

projeta para fora d'água a partir da quilha, feito um prolongamento vertical do patilhão.

[37] Carenagem: limpeza e reparação da carena e quilha.

[38] Lancha: a maior embarcação de serviço do navio, movida a remos ou vela.

— e fazia longas viagens de bote. Às vezes, diziam, com o objetivo de enterrar a parte que lhe coube nos roubos, às vezes para caçar touros selvagens em Hispaniola, cuja carne, temperada e assada, provia a alimentação para a próxima viagem. Neste caso, a barca se dirigia a um ponto de encontro predeterminado, para buscá-lo e trazer a bordo o que tivesse abatido a tiro.

Sempre houve esperança, nas ilhas, de que Sharkey pudesse ser preso em uma dessas ocasiões. Em Kingston, na Jamaica, finalmente chegaram notícias que pareciam justificar uma investida contra ele. Quem as trouxe foi um velho lenhador que caíra nas mãos do pirata, mas, devido a uma benevolência maluca de bêbado, escapou com nada além do nariz quebrado e uma surra. Seu relato era recente e correto. O *Happy Delivery* limpava a quilha[39] em Torbec, no sudoeste de Hispaniola. Sharkey e mais quatro homens se faziam de bucaneiros na remota ilha de La Vache. O sangue de uma centena de marinheiros mortos pedia vingança, e agora, enfim, parecia que o clamor não seria em vão.

Sir Edward Compton, o governador, sentado, de nariz empinado e rosto vermelho, em solene confabulação com o comandante da guarda e o chefe do conselho, estava com a mente muito confusa, sem saber como aproveitar a oportunidade. Não havia navio de guerra mais perto do que Jamestown e era um barco leve e desengonçado, que não conseguiria alcançar o pirata no mar, nem buscá-lo numa enseada rasa. Existiam fortalezas e pelotões de artilharia em Kingston e Port Royal, mas não havia soldados disponíveis para uma expedição.

Seria possível, entretanto, organizar uma iniciativa privada — havia muita gente querendo o sangue de Sharkey —, mas o que poderia fazer uma aventura privada? Os piratas eram muitos e furiosos. Agora, pegar só Sharkey e seus quatro companheiros seria fácil, se conseguissem encontrá-los. Como, porém, achá-los numa ilha como a La Vache, vasta, coberta de mato, cheia de

---

[39] Quilha: peça estrutural da parte inferior de um barco, ao longo da qual se prendem as partes verticais que dão forma ao casco.

montanhas inóspitas e florestas impenetráveis? Foi anunciada uma recompensa para quem encontrasse uma solução. A oferta levou um homem a se apresentar com um plano sem igual, que ele mesmo estava em condições de levar adiante.

Stephen Craddock era uma pessoa formidável, um puritano que pecara. Expulso de uma família decente de Salem, seus malfeitos pareciam uma rejeição à austeridade da sua religião. Ele entregou-se aos vícios com toda a força e a energia com que as virtudes dos seus antepassados o dotaram. Era talentoso, sem medo, mas excessivamente determinado em seus propósitos, a ponto de ainda jovem se tornar nome conhecido na costa da América. Era o mesmo Craddock julgado em Virgínia pelo assassinato do chefe dos seminoles.[40] Ainda que tenha escapado da pena de morte, muitos sabiam que corrompera as testemunhas e subornara o juiz.

Mais tarde, já mercador de escravos e, como foi insinuado, pirata, deixou para trás uma má reputação no Golfo de Benin. Por fim, retornou à Jamaica com uma fortuna considerável, estabelecendo-se ali para ter uma vida de sombria dissipação. Agora, este homem magro, austero e perigoso oferecia ao governador um plano para a eliminação de Sharkey.

Sir Edward recebeu-o com pouco entusiasmo. Apesar de alguns rumores de conversão e correição, sempre vira o outro como uma ovelha infecta, que poderia contaminar todo o seu pequeno rebanho. Craddock percebia a falta de confiança do governador sob seu fino véu de amabilidade formal e contida.

— Não tem motivo para sentir medo de mim, meu senhor. Eu sou outro homem, diferente daquele que conheceu. Voltei a ver a luz não faz muito, depois de perdê-la de vista por muitos anos de trevas. Foi através das pregações do reverendo John Simons, aqui do nosso povoado. Sir, caso o seu espírito precise renovar o ânimo, descobrirá um doce sabor nas palavras dele.

---

[40] Seminoles: tribo indígena da costa leste dos Estados Unidos. Viviam onde hoje ficam os estados das Carolinas do Norte e do Sul.

O governador empinou seu nariz episcopal na direção dele.

— Veio aqui conversar sobre o Sharkey, Mestre Craddock — comentou.

— Este homem, o Sharkey, é a barca da ira — reagiu Craddock. — Suas trombetas do mal ressoam exaltadas há muito, tocando a mim concluir que, se conseguir separá-lo dos demais e destruí-lo completamente, farei um bem a todos, algo que talvez ajude a compensar meus muitos deslizes do passado. Coube a mim conceber um plano que me levará à sua destruição.

O governador ficou realmente interessado, ao ver o ar austero e determinado do rosto sardento do homem, o que indicava estar falando sério. Afinal, ele era marinheiro e fora à guerra. Se fosse verdade aquela aflição para se redimir do passado, não poderia escolher alguém melhor para a tarefa.

— A missão é perigosa, Mestre Craddock — disse.

— Se encontrar a morte no seu cumprimento, isso talvez ajude a limpar a memória de uma vida mal vivida. Tenho muito pecado a pagar.

— Quais são os seus planos? — perguntou.

— Já ouviu falar que a barca de Sharkey, a *Happy Delivery*, saiu originalmente deste mesmo porto de Kingston?

— Pertencia ao sr. Codrington, quando foi capturada por Sharkey, que afundou a própria escuna e se mudou para ela, por ser mais rápida — comentou Sir Edward.

— Sim. Talvez não saiba, porém, que o senhor Codrington tem uma barca gêmea daquela, a *White Rose*, que se encontra no porto neste momento. É tão parecida com a do pirata que ninguém conseguiria notar a diferença, não fosse por uma linha branca pintada no casco.

— Ah é? E daí? — inquiriu o governador, alerta, como se estivesse a ponto de ter uma ideia.

— Com a ajuda da barca, este homem cairá nas nossas mãos.

— Como?

— Vou pintar a *White Rose* para que desapareça a listra branca e deixar todas as coisas como são na *Happy Delivery*. Daí, partiremos para a Ilha de La Vache, onde o homem está caçando gado selvagem. Quando nos vir, certamente confundirá a nossa barca com a sua, pela qual estará esperando. Assim, ele virá a bordo encontrar o seu próprio fim.

O plano era simples, mas mesmo assim pareceu ao governador que poderia dar certo. Sem hesitação, autorizou Craddock a levá-lo adiante, tomando as medidas que julgasse necessárias, a fim de atingir o objetivo que tinha em mente. Sir Edward não estava assim tão entusiasmado, porque já haviam feito muitas investidas para pegar Sharkey e os resultados demonstravam que o pirata era tão ladino quanto malvado. Este puritano magricela com maus antecedentes, por outro lado, também era esperto e impiedoso.

O confronto de astúcia entre dois homens como Sharkey e Craddock atraía o aguçado espírito competitivo do governador. Embora convencido de que apostava contra o mais provável, apoiou Craddock com a mesma lealdade que demonstraria a seu cavalo ou galo de rinha.

A pressa era, acima de tudo, uma necessidade. A limpeza do casco poderia ser concluída a qualquer dia, com os piratas saindo mar afora mais uma vez. Não havia muito que fazer, mas havia muita gente disposta a fazê-lo. Em dois dias, o *White Rose* batia-se para o mar aberto. Muitos marinheiros no porto conheciam as linhas e o encordoamento[41] da barca do pirata. Nenhum via a menor diferença entre ela e aquela cópia. Os mastros e as vergas foram defumados para parecerem gastos, castigados pelo tempo, como os do pirata. Um grande remendo em forma de diamante fora costurado no velacho[42] do alto do mastro de proa.

A tripulação era de voluntários, muitos dos quais já tinham viajado com Stephen Craddock anteriormente. Joshua Hird, o

---

[41] Linhas e encordoamento (amarras): nós e trançados de marinheiro, também ditos enxárcias.

[42] Velacho: vela redonda do alto do mastro de proa.

seu imediato, era um antigo traficante de escravos que o acompanhara em muitas viagens e voltara agora a convite do mestre.

A barca da vingança cruzou veloz o mar do Caribe. Ao verem a vela redonda remendada no mastro da frente, os barcos menores que encontravam fugiam a torto e a direito, feito trutas apavoradas num tanque. Ao anoitecer do quarto dia, a Ponta Abacou estava cinco milhas a noroeste. No quinto, ancoraram na Baía de Tortoises da ilha de La Vache, onde Sharkey estaria caçando com seus quatro companheiros. O lugar era bom de madeira, com palmeiras e mato espesso crescendo até a pequena meia-lua de areia prateada que contornava a costa.

Hastearam a bandeira negra e a bandeirola vermelha, mas ninguém respondeu da praia. Craddock forçou os olhos, esperando reconhecer um bote vindo em sua direção a qualquer momento, com Sharkey sentado na prancha. Passaram aquela noite, mais um dia e outra noite, sem qualquer sinal dos homens que tentavam emboscar. Parecia que já tinham ido embora.

No segundo amanhecer, Craddock desembarcou, em busca de alguma prova de que Sharkey e seus homens continuavam na ilha. O que encontrou reafirmou enormemente suas suspeitas. Perto da praia, havia uns espetos de madeira verde, iguais aos utilizados para preparar a carne. A seu redor, pendurado em cordas, um vasto estoque de carne de vaca já assada. O navio pirata ainda não viera recolher as provisões; os caçadores, portanto, deviam estar na ilha.

Por que não apareciam? Teriam percebido que aquela barca não era a deles? Ou continuavam embrenhados na ilha, caçando, sem esperar o navio tão cedo? Craddock hesitava entre as duas possibilidades, quando um índio caraíba apareceu trazendo a confirmação. Disse que os piratas continuavam na ilha, acampados a um dia de marcha da costa. Tinham-lhe roubado a esposa, e as marcas dos seus chicotes ainda lhe avermelhavam as costas bronzeadas. Para ele, os inimigos dos piratas eram seus amigos, e os levaria para onde estavam.

Craddock não poderia pedir coisa melhor. Na manhã seguinte, com um pequeno destacamento armado até os dentes, saiu guiado pelo caraíba. Passaram o dia inteiro lutando contra o mato e escalando pedras, abrindo caminho cada vez mais adentro do coração desabitado da ilha. Encontravam, aqui e ali, vestígios dos caçadores, como a ossada de um boi abatido, ou uma marca de pé no barro. Uma vez, perto do anoitecer, alguns ouviram um ruído distante que julgaram ser troca de tiros.

Passaram a noite sob as árvores, retomando a caminhada com a primeira luz da manhã. Ao meio-dia, chegaram a umas choupanas feitas de cascas de árvore que, segundo o caraíba, eram o acampamento dos caçadores, apesar de vazias e silenciosas. Seus ocupantes estariam, sem dúvida, caçando e voltariam ao anoitecer.

Craddock e seus homens, então, armaram uma emboscada, escondendo-se nas macegas ao redor. Ninguém apareceu. Ficaram mais uma noite na floresta, mas não havia mais o que fazer. Craddock ponderou que, depois de dois dias de ausência, estava na hora de voltar para o navio.

A viagem de volta não foi tão difícil, pois já haviam aberto uma picada. Antes do anoitecer, encontravam-se mais uma vez na Baía das Palmeiras e viam sua barca ancorada onde a tinham deixado. Recolheram o bote e os remos escondidos nas macegas e saíram rumo ao navio.

— Não deu sorte, então — gritou Joshua Hird, o imediato, olhando pálido lá do alto da popa.

— O acampamento estava vazio, mas ele ainda pode vir até nós — comentou Craddock, com a mão na escada da lateral.

Alguém começou a rir no convés.

— Acho melhor os homens ficarem no barco — disse o imediato.

— Por quê?

— Se o senhor vier a bordo, Sir, vai me entender — ele falou, de maneira curiosamente hesitante.

O sangue de Craddock correu para seu rosto esguio.

— O que é isso, Mestre Hird? — perguntou escalando a lateral. — Desde quando o senhor dá ordens à tripulação do meu barco?

Ao passar do parapeito, com um pé no convés e um joelho na murada, um homem que nunca vira antes a bordo, com uma barba que parecia estopa, subitamente se agarrou à sua pistola. Craddock segurou o punho do sujeito, mas, na mesma hora, seu imediato veio e arrancou-lhe o cutelo da cintura.

— Que vilania é essa? — Craddock gritou furioso, olhando ao redor. A tripulação, entretanto, aglomerava-se em pequenos ajuntamentos pelo convés, rindo e cochichando, sem demonstrar qualquer intenção de ir em seu auxílio. Mesmo na olhadela rápida que dera, notara que estavam vestidos da maneira mais incomum. Alguns usavam longas casacas de equitação; outros, trajes de veludo, com fitas coloridas na altura dos joelhos, parecendo mais homens da moda do que marinheiros.

Conforme observou melhor aquelas figuras grotescas, Craddock bateu na própria cabeça de punho fechado, para ter certeza de que estava acordado. O convés parecia bem mais sujo do que quando deixara o navio. Havia muitas caras estranhas a bordo, queimadas do sol, que surgiam por todos os lados voltadas para ele. Nenhuma era conhecida, exceto a de Joshua Hird. O navio fora capturado na sua ausência? Estes sujeitos a seu redor eram homens de Sharkey? Ao pensar isso, soltou-se com fúria e tentou pular a amurada de volta para o bote, mas uma dúzia de mãos caíram imediatamente sobre ele. Foi arrastado para a popa passando pela porta aberta da sua própria cabine.

Ela também estava totalmente diferente de como a deixara. O assoalho estava diferente, o teto diferente, a mobília tinha mudado. Sua cabine era simples e austera. Esta era suntuosa, mas imunda, decorada com cortinas de veludo fino, manchadas de vinho. As paredes internas estavam forradas com painéis de madeira cara, perfurados por tiros de pistola.

Sobre a mesa, havia um grande mapa dos mares do Caribe. Ao lado, sentado com uma bússola na mão, encontrava-se um homem pálido, bem barbeado, com um gorro de pele na cabeça e um capote de damasco cor de clarete. Craddock ficou branco embaixo das suas sardas ao reconhecer o nariz fino, longo e empinado, os olhos de contorno vermelho, que se voltaram para ele com olhar fixo, sardônico, feito o mestre no jogo que deixa seu adversário sem saída.

— Sharkey? — gritou Craddock.

Os lábios finos de Sharkey abriram-se e ele caiu numa gargalhada alta e estridente.

— Seu maluco! — gritou. Inclinando-se para frente, bateu várias vezes com força nas costas de Craddock, apunhalando-o com a bússola. — Você é um pobre coitado, um louco cabeça-dura. Como é que vai se meter comigo?

Não a dor das feridas, mas o evidente menosprezo na voz de Sharkey transformou Craddock num selvagem alucinado. Ele se jogou sobre o pirata aos socos e pontapés, rugindo de raiva, tremendo e espumando pela boca. Foram necessários seis homens para botá-lo no chão, entre os cacos remanescentes da mesa, e nenhum dos seis ficou sem marcas dos golpes do prisioneiro. Sharkey, entretanto, continuava encarando-o com o mesmo olhar desafiador. De fora, veio o estalo de madeira se partindo e o clamor de vozes em pânico.

— O que foi isso? — perguntou Sharkey.

— Afundaram o bote com um tiro à queima-roupa. Os homens a bordo estão na água.

— Deixe eles lá — disse o pirata. — Agora, Craddock, você sabe onde se encontra. Está a bordo da minha barca, a *Happy Delivery*, e está à minha mercê. Sei que sempre foi um marinheiro forte, renegado, antes de adquirir este ar de respeitabilidade de gente de terra firme. Naquele tempo, suas mãos não eram mais limpas do que as minhas. Vai assinar contrato e entrar para a companhia, unindo-se a nós como fez o seu imediato, ou devo jogá-lo no mar para fazer companhia à tripulação do seu navio?

— Onde está o meu navio? — perguntou Craddock

— No fundo da baía.

— E os marinheiros?
— Também estão lá.
— Amarrem-no e joguem-no ao mar — ordenou Sharkey.

Muitas mãos grossas arrastaram Craddock para o convés. Galloway, o contramestre, já tinha desembainhado a sua adaga para matá-lo, quando Sharkey saiu correndo da cabine com ar contrariado.

— Temos coisa melhor para fazer com este cão! — gritou. — Ponham-me a pique se não tive uma ideia rara. Tranquem o homem acorrentado no quarto das velas. Agora, você, contramestre, vem aqui que eu te explico o que tenho em mente.

Assim, Craddock, machucado e ferido em corpo e alma, foi jogado no quarto escuro das velas. Estava tão bem preso, que não podia mover mãos ou pés, mas seu sangue nórdico corria forte pelas veias. Seu espírito austero só aspirava a encontrar um fim que servisse de alguma maneira para redimir seus malfeitos em vida. Passou a noite na curva do fundo do porão, ouvindo o roçar da água e o ranger do madeirame, o que lhe indicava que o navio estava em mar aberto e andando rápido. Ao amanhecer, alguém veio engatinhando em sua direção por cima das velas empilhadas.

— Aqui tem rum e biscoito — disse uma voz, que reconheceu ser a de seu antigo imediato. — É sob risco de vida, Mestre Craddock, que lhe trago isso.

— Foi você que me armou esta armadilha e me botou nesta teia de aranha — gritou Craddock. — Como vai pagar pelo que já fez por mim?

— O que fiz foi com a ponta da faca entre as costelas.

— Deus lhe perdoe a covardia, Joshua Hird. Como é que foi se entregar nas mãos deles?

— Foi porque, Mestre Craddock, o navio pirata voltou da limpeza do casco no mesmo dia em que o senhor nos deixou. Ele nos abordou e, desfalcados como estávamos, com os melhores o acompanhando em terra firme, nossa resistência deixou a desejar. Alguns foram mais felizes e terminaram cortados em pedaços na hora. Outros foram mortos mais tarde. Quanto a mim, salvei a vida me comprometendo a trabalhar para eles.

— Afundaram a minha barca?

— Afundaram. Só depois, Sharkey e seus homens, que nos cuidavam escondidos no mato, vieram até o navio. Na barca deles, a jarda principal se partira na última viagem e estava chumbada. Assim, ele desconfiou ao notar que a nossa estava inteira. Depois, teve a ideia de fazê-lo cair na mesma armadilha que o senhor tentava armar contra ele.

Craddock grunhiu.

— Como é que eu não percebi o reforço na jarda principal? — resmungou. Para onde é que estamos indo?

— Velejamos a noroeste.

— Noroeste! Então estamos voltando para a Jamaica.

— Com vento de oito nós.[43]

— Ouviu algo sobre o que pretendem fazer comigo?

— Não ouvi, não. Se o senhor assinasse com a companhia...

— Chega, Joshua Hird! Já arrisquei demais a minha alma.

— É o senhor quem sabe. Fiz o que podia. Adeus!

Aquela noite toda e o dia seguinte, a *Happy Delivery* moveu-se com vento leste a favor. Stephen Craddock ficou na escuridão da sala de velas trabalhando pacientemente para tirar os punhos dos ferros. Conseguiu soltar uma mão ao custo de várias juntas e dedos sangrando lacerados. A outra, não havia o que fosse capaz de soltá-la, e seus tornozelos também estavam bem presos.

Hora após hora, escutava o barulho da água e sabia que a barca navegava com todas as velas abertas, na frente do vento de rota. Neste caso, estariam quase de volta na Jamaica. Que planos Sharkey teria em mente e o que esperava fazer com ele, Craddock? Cerrou os dentes e jurou que, depois de ser vilão por escolha, nunca o seria por imposição.

---

[43] Nó: unidade de velocidade de embarcação, equivalente a uma milha náutica (1.852 m.) por hora. Historicamente, o nome vem da corda com uma prancha na ponta e nós entre espaços iguais. Jogada na água pela popa, media a rapidez com que a prancha se afastava do navio, puxando a corda.

Na segunda manhã, Craddock se deu conta de que recolheram algumas velas e a barca bordejava[44] devagar, com um vento de flanco.[45] A trepidação no assoalho na sala de velas e os ruídos do convés indicaram exatamente o que se passava a seus sentidos experientes. As manobras curtas revelavam que a barca estava perto da costa, em busca de lugar definitivo para parar. Se fosse isso, tinham que estar na Jamaica. Por outro lado, por que iriam para lá?

De repente, uma exaltada celebração coletiva explodiu no convés, seguida do estrondo de um canhão disparado acima da sua cabeça e do trovejar de artilharia pesada, respondendo ao longe, na linha da água.[46] Craddock sentou-se e aguçou os ouvidos. A barca entrara em combate? Disparara um único canhão e, mesmo que muitos tivessem respondido, não ouvira um estrondo indicativo de bala atingindo o alvo.

Se não estavam em combate, trocavam saudações. Quem, entretanto, saudaria Sharkey, o pirata? Só outro pirata faria isso. Craddock deitou-se de costas soltando um gemido e continuou trabalhando no grilhão que ainda prendia seu punho direito.

Inesperadamente, então, ouviu barulho de passos do lado de fora e mal teve tempo para prender de volta os anéis soltos da corrente ao redor da sua mão livre, quando a porta se abriu e entraram dois piratas.

— Trouxe o martelo, carpinteiro? — perguntou um, que Craddock reconheceu ser o contramestre corpulento. — Então, arrebenta a corrente dos pés. Melhor deixar os braceletes, ele fica mais seguro com eles nos punhos.

Com martelo e talhadeira, o carpinteiro soltou os ferros.

— O que vão fazer comigo? — perguntou Craddock.

— Vem para o convés e verá.

---

[44] Bordejar: dar bordo ou bordada, ora numa ora noutra amura, quando o vento não permite seguir viagem, ou para parar o navio.

[45] Flanco: lateral em curva na proa do navio.

[46] Linha da água (linha d'água): a linha formada pela água separando a parte imersa do casco do resto do navio.

O marinheiro agarrou-o pelo braço e arrastou-o bruscamente até a escada de acesso. Acima, um quadrado de céu azul era cortado no meio pela verga da mezena grande, com uma flâmula a tremular na ponta. A visão das cores da bandeira deixou Stephen Craddock sem fôlego. Havia duas, uma bandeirola britânica abria-se sobre a dos piratas — a bandeira honesta sobrepondo-se à dos bandidos. Craddock parou pasmado, mas um empurrão brutal dos piratas atrás dele fez com que subisse a escada do portaló.[47] Ao chegar ao convés, seus olhos voltaram-se para o mastro principal e lá estavam mais uma vez a bandeira britânica sobre a dos piratas, com fitas coloridas enfeitando todas as cordas e amarras.

Será, então, que o navio fora capturado? Mas isso era impossível, pois havia ajuntamentos de piratas ao longo da balaustrada[48] do lado do porto, abanando alegremente seus chapéus no ar. O mais proeminente de todos era o contramestre traidor. Gesticulava freneticamente de pé no castelo de proa. Craddock olhou por cima da amurada para ver o que celebravam e, num lampejo, se deu conta de como o momento era crítico.

A bombordo, afastadas cerca de uma milha, encontravam-se as casas brancas e as fortificações de Port Royal, com bandeiras por todos os lados, tremulando nos telhados. Bem em frente, estavam as paliçadas que levavam à cidade de Kingston. A não mais de um quarto de milha havia um pequeno escaler trabalhando contra um vento muito leve. Trazia a bandeira britânica no alto do mastro, com o encordoamento todo engalanado. No convés, podia-se ver uma aglomeração compacta de gente celebrando e abanando chapéus no ar. A resplandecência escarlate indicava haver oficiais da guarnição entre eles.

Num instante, com a percepção rápida de homem de ação,

---

[47] Portaló: abertura no casco de um navio, ou passagem junto à balaustrada, para embarque e desembarque de tripulantes e carga leve.

[48] Balaustrada: conjunto de balaústres (pequenas colunas) e das correntes, cabos de arame trançado ou vergalhões que guarnecem a borda de um navio e servem para proteger a tripulação a bordo.

Craddock entendeu tudo. Sharkey, com a audácia e a astúcia diabólicas que estavam entre suas principais características, simulava o papel que caberia a Craddock, caso voltasse vitorioso. Eram em sua honra as salvas de tiros e as bandeiras esvoaçantes. Era para dar boas-vindas a ele, Craddock, que aquele escaler se aproximava com o governador, o comandante e os maiorais da ilha a bordo. Em dez minutos, ficariam ao alcance dos canhões de *Happy Delivery*. Sharkey conquistaria o maior prêmio pelo qual qualquer outro pirata já tivesse se arriscado.

— Levem-no lá para frente — comandou o capitão pirata, quando Craddock apareceu entre o carpinteiro e o contramestre. — Mantenham as portinholas fechadas, mas aprontem os canhões a bombordo e preparem-se para uma abordagem. É só se aproximarem mais dois comprimentos de cabo e serão nossos.

— Eles estão se afastando — disse o mestre de guarnição. — Acho que sentiram nosso cheiro.

— Logo corrigimos isso — disse Sharkey, tornando seus olhos gelatinosos para Craddock. — Você, fique aí, aí mesmo, onde possam reconhecê-lo, com uma mão na corda de espia,[49] abane o chapéu para eles com a outra. Depressa, ou espalho seus miolos sobre o seu casaco. Enfie uma polegada da sua faca nele, Ned. Agora, vai abanar o chapéu? Então tente mais uma vez. Ei, atirem nele! Parem com ele!

Era tarde demais. Convencido de que estava algemado, o contramestre soltara o seu braço por um momento. Naquele instante, Craddock passou pelo carpinteiro e, sob uma chuva de balas de pistola, pulou a murada e saiu nadando para salvar a vida. Foi atingido mais de uma vez, mas são necessárias muitas pistolas para matar um homem forte e determinado a fazer algo antes de morrer. Craddock era nadador com resistência e, apesar do rastro vermelho que deixava na água, aumentou rapidamente a distância que o separava do pirata.

---

[49] Corda de espia: cabo grosso que amarra os navios na beira do cais, a uma boia ou a outras embarcações.

— Tragam-me um mosquete! — vociferou Sharkey, soltando uma praga selvagem.

Ele era atirador famoso e seus nervos de aço nunca lhe falhavam numa emergência. A cabeça preta aparecia na crista das ondas, depois caía para reaparecer do outro lado, já a meio caminho do escaler. Sharkey demorou bastante fazendo pontaria antes de atirar. Com o estampido do tiro, o nadador ergueu-se na água, levantou as mãos num gesto de advertência e gritou, com sua voz ecoando pela baía. Aí, então, o escaler inverteu a vela de proa. O pirata disparou um canhão de flanco sem perigo. Stephen Craddock, com um sorriso sombrio na agonia da morte, afundou lentamente para o leito dourado que reluzia ao longe embaixo dele.

A ruína de Sharkey

SHARKEY, O ABOMINÁVEL Sharkey, andava por aí outra vez. Depois de dois anos pela costa de Coromandel, sua barca negra, a *Happy Delivery*, rondava a costa continental espanhola no Caribe à procura de presas. Mercadores e pescadores fugiam para salvar a vida, diante da ameaçadora vela redonda, remendada, levantando-se lentamente no mastro de proa sobre o contorno violeta do mar tropical.

Assim como os pássaros se encolhem quando a sombra do gavião surge de viés no campo, ou como os habitantes da floresta se agacham tremendo ao ouvir o rosnar arfante do tigre à noite, dava-se o mesmo por todo o movimentado mundo da navegação — dos baleeiros de Nantucket às barcas tabaqueiras de Charleston, dos navios espanhóis da frota de abastecimento de Cadiz até os mercadores de açúcar do continente — quando surgiam rumores sobre a maldição negra dos mares.

Algumas embarcações contornavam a costa, dispostas a entrar no porto mais próximo, enquanto outras se mantinham afastadas das rotas comerciais conhecidas. Nenhum, entretanto, tinha coração tão endurecido a ponto de não respirar com alívio, quando sua carga e passageiros estivessem protegidos pelos canhões de uma fortaleza acolhedora.

A RUÍNA DE SHARKEY

Por todas as ilhas corriam histórias de restos de incêndio no meio do mar, de clarões repentinos ao longe e corpos sem vida na areia das ilhotas sem água das Bahamas. Todos os sinais do passado estavam presentes, indicando que Sharkey, mais uma vez, retomara seu jogo sanguinário.

Estas águas tranquilas e suas ilhas com palmeiras de contorno dourado são hospedeiras tradicionais de piratas. Primeiro, veio o nobre aventureiro, o homem honrado, de família, que lutou como um patriota, mas estava preparado para receber pagamento de ganhos de roubos a espanhóis.

Um século mais tarde, esta figura cordial desapareceu, criando espaço para os bucaneiros, que eram ladrões, pura e simplesmente, mas se organizavam com um tipo de código próprio. Sob o comando de chefes ilustres, realizavam grandes empreendimentos conjuntos.

Eles, suas esquadras e espólio das cidades saqueadas também passaram, cedendo seu lugar para o pior de todos, o pirata solitário, regenerado, o sangrento *Ismael dos mares*,[50] em guerra contra toda a humanidade. Esta foi a ninhada maldita que o início do século XVIII desovou. Entre eles, não houve um com reputação, audácia, malícia e crueldade comparáveis ao inominável Sharkey.

Era o começo de maio de 1720 e a *Happy Delivery* encontrava-se com a verga do mastro de vante para trás, umas cinco léguas[51] a oeste da Passagem Barlavento, esperando para ver que barco rico e desprotegido lhe trariam os ventos de rota.

Ficou três dias parada ali, feito uma funesta mancha negra

---

[50] Ismael dos mares: expressão em voga na Europa sempre que os piratas da Barbária (Turquia e países islâmicos do norte da África, na região do Magrebe) intensificavam suas atividades no Mediterrâneo ou nas rotas mercantis europeias nas Índias.

[51] Légua: medida de distância em vigor antes da adoção do sistema métrico, cujo valor varia de acordo com a época, país ou região; no Brasil, vale aproximadamente 6.600 m.; em Portugal, 5.572 m.

no meio do grande círculo safira do oceano. Longe, a sudeste, os pequenos montes azuis de Hispaniola apareciam no horizonte.

De hora em hora, enquanto esperava em vão, a selvageria ia tomando conta do temperamento de Sharkey. Seu espírito arrogante irritava-se com qualquer contrariedade, mesmo decorrente do destino. Àquela noite, disse para o contramestre Ned Galloway, com uma gargalhada odiosa e relinchante, que a tripulação do próximo navio capturado deveria prestar contas por tê-los feito esperar tanto tempo.

A cabine da barca pirata era uma sala de bom tamanho, com muita mobília fina maltratada, numa estranha mescla de luxo e bagunça. Os painéis de parede eram de pau-sândalo entalhado e polido, com manchas de mofo malcheirosas e lascados por marcas de balas disparadas durante alguma desavença de bêbados.

Veludos e rendas caras amontoavam-se sobre poltronas de brocado, enquanto artefatos de metal e pinturas de alto preço enchiam todo canto e nicho. Tudo que o pirata gostou e retirou de cem navios fora jogado de qualquer jeito na sua cabine. Um tapete caro e fofo cobria o assoalho, mas estava salpicado de manchas de vinho e queimado por brasas de tabaco.

Um enorme candelabro de bronze balançava no teto, jogando uma luz amarela brilhante sobre este alojamento peculiar, onde dois homens em mangas de camisa, sentados com o vinho no meio e cartas na mão, estavam profundamente compenetrados numa partida de piquê. Ambos fumavam longos cachimbos, e uma fumaça fina, azulada, empestava a cabine, flutuando no ar até sair pelo alçapão do teto que, semiaberto, descortinava um pedaço de céu violeta profundo, salpicado de grandes estrelas de prata.

Ned Galloway, o contramestre, sujeito enorme, era um imprestável da Nova Inglaterra, o único fruto podre na árvore de uma boa família puritana. A robustez de seus braços e pernas e sua estatura gigantesca foram herança de uma longa linhagem de ancestrais que temiam a Deus, enquanto o coração negro e selvagem era inteiramente seu. Com barba nas bochechas e olhos azuis ferozes, cabelos escuros, grossos e emaranhados feito a juba de um leão, enormes brincos de ouro pendurados nas orelhas, ele era o ídolo de toda mulher, em qualquer inferno à beira-mar das Tortugas a Maracaibo no continente. Um capote vermelho, camisa de seda azul, calções de veludo marrom, com fitas espalhafatosas nos joelhos, e botas altas de marinheiro completavam a indumentária deste Hércules da pirataria.

O capitão John Sharkey era figura muito diferente. Sua face fina, bem barbeada, de traços fortes, era de uma palidez cadavérica. Todos os sóis do Caribe não conseguiriam tirar-lhe a cor mórbida de pergaminho. Sharkey era meio careca, com alguns pequenos chumaços de cabelo que pareciam estopa e uma fronte estreita e pronunciada. Seu nariz fino projetava-se acentuadamente adiante. Próximos, de cada lado, encontravam-se aqueles olhos azuis gelatinosos, de contorno vermelho como os de um *bull terrier* branco, daqueles que fazem homens fortes recuarem de medo e aversão. Suas mãos ossudas, com dedos finos e alongados que se moviam sem parar como as antenas de um inseto, ficavam remexendo incessantemente com as cartas e o monte de cruzados[52] de ouro que tinha à sua frente. Seu traje era sóbrio, feito de algum pano espesso. O fato é que os homens que encarassem aquela face amedrontadora pouco se importariam com as roupas do dono.

O jogo foi interrompido de repente, porque a porta se abriu com violência e dois brutamontes — Israel Martin, o mestre de guarnição, e *Red* Foley, o canhoneiro — entraram correndo na cabine. No mesmo instante, Sharkey estava de pé com uma pistola em cada mão e a morte nos olhos.

— Vou jogá-los no mar, bandidos! — gritou. — Vejo bem que, se eu não der um tiro em um de vocês de vez em quando,

---

[52] Cruzado (moidores): nome das diversas moedas de ouro e prata cunhadas para financiar as Cruzadas, campanhas militares da Idade Média, comandadas pelo Vaticano e nações cristãs, para expulsar os mouros e muçulmanos da Europa Ocidental. Na Grã-Bretanha, valia 27 xelins.

esquecem logo quem eu sou. O que significa isso de entrar na minha cabine como se fosse uma cervejaria de Wapping?[53]

— Não, capitão Sharkey — explicou Martin, com uma ruga profunda na sua cara vermelho-tijolo. — É justamente isto: estamos até as orelhas com esta maneira de falar conosco. Estamos fartos disso.

— Mais do que fartos — acrescentou *Red* Foley, o canhoneiro. — Não há oficiais em navio pirata. Assim, o mestre de guarnição, o mestre de armas e o contramestre dão as ordens.

— Eu já neguei isto? — perguntou Sharkey, com uma imprecação.

— O senhor nos maltrata e humilha na frente dos outros. No momento, mal saberíamos dizer por que devemos arriscar a vida lutando a favor da cabine contra o castelo de proa.

Sharkey percebeu que o vento trazia alguma coisa séria. Baixou as pistolas e reclinou-se na poltrona, com um sorriso-relâmpago mostrando seus dentes amarelados, que mais pareciam presas.

— Nada disso, que conversa triste é essa! — acrescentou. — Dois dos companheiros mais fortes, com os quais esvaziei muita garrafa e cortei muita garganta, agora vão se indispor por nada. Sei que são rapazes da pesada e enfrentariam comigo até mesmo o demônio, se eu pedisse. Deixa o ajudante de ordens trazer uns copos para afogarmos todo desagravo entre nós.

— A hora não é para beber, capitão Sharkey — disse Martin. — Os homens estão reunidos em assembleia ao redor do mastro principal. Podem vir para a popa a qualquer momento. Eles estão pensando em alguma maldade, capitão Sharkey, e nós viemos lhe avisar.

Sharkey deu um pulo, em direção ao cabo de metal da espada pendurada na parede.

---

[53] Wapping: lugar dos Tower Hamlets de Londres, às margens do Tâmisa, junto às docas, na região portuária de East London. Ali ficava a "execution block" (bloco de execução), onde piratas e outros condenados eram decapitados ou enforcados.

— Vamos jogar os patifes no mar! — gritou. — Depois que eu tirar as tripas de um ou dois, todos vão dar ouvidos à razão.

Os outros, porém, impediram sua tentativa frenética de chegar à porta.

— Há quarenta deles, liderados pelo mestre de bordo, Sweetlocks — disse Martin. — No tombadilho aberto, certamente o cortariam em pedaços. Aqui dentro, na cabine, pode ser que consigamos mantê-los do lado de fora sob a mira das nossas pistolas.

Nem bem acabara de falar, surgiram passos pesados pelo convés. Depois, uma pausa, sem ruído algum, exceto a água batendo suavemente contra as laterais do navio pirata. Por fim, soaram batidas estrondosas na porta, feito coronhadas de pistola. Em seguida, o próprio Sweetlocks, um homem alto, moreno, com uma profunda marca de nascença vermelha numa bochecha, entrou na cabine a passos largos. Sua arrogância vacilou ao encarar aqueles olhos lívidos e gelatinosos.

— Capitão Sharkey — disse —, venho como porta-voz da tripulação.

— Assim ouvi dizer, Sweetlocks — respondeu o capitão, tranquilamente. — Hei de viver para lhe retalhar de cima a baixo no comprimento do seu casaco, pelo serviço prestado esta noite.

— Pode ser, capitão Sharkey — respondeu o mestre —, mas se olhar para cima verá que tenho quem me apoie. Não vão deixar que o senhor me trate mal.

— Amaldiçoe a todos se deixarmos! — grunhiu uma voz rouca lá do alto. Levantando os olhos, os oficiais na cabine ficaram conscientes da linha de barbudos com cara de mau, de rostos queimados pelo sol, olhando para baixo pela vigia de teto aberta.

— Bem, o que vocês querem? — perguntou Sharkey. — Ponha em palavras, homem, e vamos acabar com isso.

— Os homens acham — disse Sweetlocks — que o senhor é o diabo em pessoa e que não terão sorte enquanto cruzarem os mares em tal companhia. Acabou aquele tempo em que faturávamos dois ou três navios por dia, quando todos tinham mulheres e dinheiro à vontade. Agora, não abrimos uma vela há uma longa semana. Não fosse por três escunas miseráveis, não teríamos assaltado um único navio, passado o Molhe das Bahamas. Os homens também sabem que o senhor matou Jack Bartholomew, o carpinteiro, afundando a cabeça dele com golpe de balde. Isso fez com que cada um de nós tema pela própria vida. Além disso, o rum acabou e é duro, para nós, ficar sem bebida alcoólica. Tem mais: reclamam que o senhor passa o dia trancado na sua cabine, embora conste do contrato da companhia que o capitão deve beber e celebrar com a tripulação. Por todas estas razões, uma assembleia geral decretou neste dia em curso que...

Sharkey havia, sub-repticiamente, engatilhado uma pistola embaixo da mesa, de modo que pode ter sido bom para o mestre amotinado não chegar ao fim do seu discurso. Ele estava acabando de falar, quando se ouviram passos apressados pelo convés. Um menino de bordo, transtornado pela sua mensagem, entrou na cabine:

— Um barco! — gritou. — Um barco grande, bem perto de nós!

A desavença passou feito um raio e os piratas correram para seus postos. De fato, um navio majestoso surgia lento com o vento da rota. Era grande, plenamente equipado, com todas as velas abertas, aproximando-se pela lateral.

Era evidente que o barco vinha de longe e não sabia coisa alguma sobre os mares do Caribe. Não fez qualquer esforço para evitar a barca negra e baixa, que estava tão perto da sua proa, seguindo em frente, como se seu tamanho o protegesse.

Foi tão audacioso que, por um momento, enquanto corriam para soltar os canhões das presilhas e suspender as lanternas de combate, os piratas acreditaram que um navio de guerra os pegara cochilando.

Ao verem o casco bojudo, sem portinholas laterais e o encordoamento de navio mercante, um grito de exaltação explodiu entre eles. Na hora, voltearam a verga do mastro de vante e, feito uma flecha, alinharam-se a seu lado, encostando e transferindo uma leva de bandidos, que surgiram no convés aos berros e imprecações.

Meia dúzia de marinheiros da vigia noturna foi retalhada onde se encontrava. O imediato, abatido por Sharkey, foi jogado no mar por Ned Galloway. O navio estava nas mãos dos piratas, antes que os adormecidos tivessem tempo de acordar e sentar em seus beliches.

A presa, o *Portobello*, com o capitão Hardy no comando, revelou-se um navio com equipamento completo. Vinha de Londres para Kingston, na Jamaica, carregado de mercadorias de algodão e ferro fundido.

Tendo amarrado os prisioneiros todos juntos, apertando-os num bando zonzo e confuso, os piratas se espalharam pelo barco à procura do que roubar. Tudo que encontravam era entregue ao gigantesco contramestre. Ele recebia por cima da murada lateral do *Happy Delivery* e deixava sob guarda junto ao mastro principal.

A carga não servia para coisa alguma, mas o barco trazia uns mil guinéus de ouro na caixa-forte. Havia uns oito ou dez passageiros, três dos quais eram prósperos mercadores da Jamaica, voltando de uma visita a Londres com caixas esturricadas até a boca.

Quando juntaram todo o espólio, a tripulação e os passageiros foram despidos até a cintura e, sob o sorriso frio de Sharkey, jogados ao mar, um por um. Sweetlocks ficou de pé, junto à murada lateral, cortando por trás com um cutelo a junta do joelho dos que passavam, para que nenhum bom nadador viesse a se levantar e depor contra eles num tribunal.

Entre os prisioneiros, havia uma mulher de porte, de cabelos brancos, esposa de um dos plantadores. Ela também foi jogada ao mar, agarrando-se aos gritos na lateral do navio.

— Piedade, sua vagabunda?! — relinchou Sharkey. — Você certamente já passou dos vinte anos de idade para isso.

O capitão do *Portobello*, robusto, olhos azuis e barba cinza, foi o último no convés. Ficou parado com sua figura grande e impressiva sob as lamparinas, enquanto Sharkey se curvava em deferência à sua frente com um sorriso sardônico.

— Um comandante deve demonstrar cordialidade para com um colega — disse. — Que me ponham a pique, se o capitão Sharkey ficar devendo boas maneiras! Deixei o senhor para o fim, como vê, por ser assim que se deve agir com um homem de coragem. Agora, seu arrogante, depois de assistir ao fim dos demais, pode pular a amurada com a consciência tranquila.

— É o que vou fazer, capitão Sharkey — disse o velho marinheiro. — Cumpri o meu dever até onde foi meu poder. Antes de me jogar no mar, porém, gostaria de lhe dizer uma coisa no ouvido.

— Se é para me amolecer, poupe seu pulmão. Você nos fez esperar aqui por três dias. Amaldiçoado eu seja, se deixar um de vocês vivo!

— Nada disso. É para lhe contar algo que precisa saber. Ainda não encontrou o verdadeiro tesouro a bordo deste barco.

— Não encontrei? Que me ponham a pique se eu não lhe fatiar o fígado, capitão Hardy, caso não esteja dizendo a verdade. Onde está o tesouro de que fala?

— Não é ouro. É uma bela donzela, que talvez não seja menos bem-vinda.

— Onde está, então? Por que não se encontrava com os outros?

— Vou explicar por que não estava com os outros. Ela é filha única do conde e da condessa Ramirez, que estão entre os que o senhor matou. Seu nome é Inez Ramirez e vem do melhor sangue da Espanha. O pai era governador de Chagre, para onde se dirigia. Com a moça, deu-se que, como fazem as jovens, desenvolveu uma afeição por alguém a bordo muito abaixo do seu nível social. Seus pais, então, pessoas de muito poder, cuja palavra não deveria ser contradita, me forçaram a confiná-la, trancando--a em uma cabine especial atrás da minha. Ela ficou ali, sob rigorosa vigilância. Traziam-lhe todas as refeições, mas não lhe era permitido ver pessoa alguma. Falo isso como um presente de despedida, ainda que não saiba por que deveria fazer isso, já que você realmente é o mais sanguinário dos bandidos. Para mim, é um consolo morrer pensando que ainda há de virar carne de forca nesta vida e alimento do diabo na próxima.

Ao dizer isso, correu para a lateral do navio e, num salto, jogou-se na escuridão, rezando para que a traição da donzela não pesasse demasiado em sua alma.

O corpo do capitão Hardy ainda não tinha tocado na areia a quarenta braças[54] embaixo d'água e os piratas já corriam pelo corredor que levava à sua cabine. Lá, bem no fundo, realmente havia uma porta gradeada, que ninguém notara antes. Não tinham a chave, mas a arrombaram a coronhadas, enquanto alguém guinchava lá dentro. Ao estenderem os braços com suas lanternas, a luz revelou uma mulher em pleno vigor e fulgor da juventude, encolhida num canto, com cabelos emaranhados indo até o chão e olhos escuros arregalados de medo. Com sua bela figura, parecia tentar fugir horrorizada, diante daquela invasão de selvagens manchados de sangue.

Agarrada por mãos brutais, foi posta de pé e arrastada aos gritos até onde John Sharkey a esperava. Ele segurou a lanterna demoradamente junto ao rosto da moça. Soltando uma gargalhada bem alta, inclinou-se para frente e, com uma bofetada, deixou a marca vermelha da sua mão esquerda na bochecha dela.

— Esta é marca do pirata, garota. É como ele marca as suas ovelhas. Levem a moça para a cabine e podem usá-la à vontade. Depois, corações, soltem a barca no mar e saiamos mais uma vez em busca da sorte.

Em menos de uma hora, aquele navio bom, o *Portobello*, rumava para seu fim, até parar na areia do fundo do Mar do Caribe, ao lado de seus passageiros assassinados, enquanto a barca dos

---

[54] Braça: medida de comprimento equivalente a 1.829 m. Ainda em uso como termo preferencial da marinha para medição de profundidade da água.

piratas, com o convés atravancado de coisas roubadas, seguia ao norte, em busca de mais uma vítima.

Naquela noite, fizeram uma farra na cabine do *Happy Delivery*, quando três homens beberam muito: o capitão, seu imediato e *Baldy* Stable, o cirurgião de bordo — um homem que teve sua primeira clínica em Charleston, até fazer mal a um paciente e precisar fugir da Justiça, colocando então seus talentos a serviço dos piratas. Era um gordo balofo, com pregas de banha no pescoço e uma enorme careca lustrosa, daí seu apelido, *baldy*.[55]

Sharkey, por um momento, afastara da cabeça qualquer preocupação com o motim. Sabia que os animais não são tão ferozes quando comem demais. Enquanto os frutos do assalto ao navio grande fossem novidade, ele não tinha por que temer problemas com a tripulação. Entregou-se, então, ao vinho e à fuzarca, rugindo e gritando com seus alegres companheiros. Os três estavam encharcados e enlouquecidos, prontos para qualquer coisa diabólica, quando a lembrança da mulher passou pela cabeça maligna do pirata. Gritou para o assistente negro ir buscá-la imediatamente.

Inez Ramirez já se dera conta de tudo — a morte do pai e da mãe, assim como sua condição de prisioneira nas mãos de seus assassinos. Com a percepção, veio a calma. Levada para dentro da cabine, não havia sinal de pânico no seu rosto moreno e altivo. Tinha lábios firmes e olhos de brilho exuberante, como de quem tem muita esperança no futuro. Sorriu para o capitão pirata, conforme ele se levantou e agarrou-a pela cintura.

— Meu Deus! Esta garota tem espírito — gritou Sharkey, passando o braço a seu redor. — Ela nasceu para ser noiva de pirata. Vem cá, meu passarinho, bebe à saúde da nossa boa amizade.

— Artigo 6 da companhia! — disse o médico, engasgando-se com um soluço. — Todo *bona robas*[56] é bem comum.

---

[55] "Carequinha."
[56] Bona robas (latim): No jargão da pirataria inglesa, tudo que se rouba se divide.

— É, nós lhe garantimos isso, capitão Sharkey — disse Galloway. — Está dito assim no Artigo 6.

— Corto em pedaços de uma onça o homem que se meter entre nós! — berrou Sharkey, com seus olhos de peixe encarando ora um ora outro. — Não, mocinha, ainda está para nascer o homem que vai tirar você de John Sharkey. Senta aqui no meu joelho e enlace os braços ao meu redor. Que me ponham a pique, se não foi amor à primeira vista. Conta para mim, minha bela, por que foi tão maltratada e mantida trancafiada a bordo daquele barco?

A mulher balançou a cabeça e sorriu.

— No inglese... no inglese — balbuciou.

Bebeu até o fim a caneca de vinho que Sharkey lhe estendeu e seus olhos escuros ficaram ainda mais brilhantes. Sentada nos joelhos de Sharkey, com o braço enroscado no seu pescoço, ela se divertia acariciando-lhe os cabelos, as orelhas, as bochechas. Até mesmo aquele contramestre esquisito e o cirurgião calejado se horrorizaram ao observá-la melhor, mas Sharkey ria de contentamento.

— Que me amaldiçoem, se esta moça não é metal precioso! — ele gritava, apertando-a contra o corpo e beijando seus lábios, que não ofereciam qualquer resistência.

Uma estranha expressão, consciente e preocupada, tomou conta dos olhos do médico, conforme prestava atenção. Sua face enrijeceu, como se um pensamento horrível tivesse tomado sua mente. Uma palidez cinzenta se apoderou de sua cara bovina, alterando a vermelhidão dos trópicos e o rubor do vinho.

— Olhe as mãos dela, capitão Sharkey — gritou. — Pelo amor de Deus, olhe as mãos dela!

Sharkey baixou os olhos e viu a mão que o acariciava. Era de uma estranha palidez mórbida, com uma teia amarela cintilante entre os dedos. Estava coberta por uma poeira branca quebradiça feito a farinha ao redor do pão recém-saído do forno, da qual uma camada grossa ficara pelo pescoço e rosto de Sharkey. Aos berros, ele empurrou a mulher para longe de seu colo. Num instante, ela deu um pulo de gato selvagem e soltou um grito triunfante de malícia, jogando-se sobre o cirurgião, que desapareceu aos gritos por baixo da mesa. Com as garras de uma das mãos, pegou Galloway pela barba, mas ele conseguiu soltar-se e, agarrando uma lança, manteve-a a distância, enquanto ela resmungava sem sentido e contorcia a face com os olhos em brasa de um maníaco.

O ajudante negro entrou na cabine ao ouvir o tumulto e todos juntos conseguiram levar aquela criatura enlouquecida de volta para a sua cabine, trancando-a à chave. Então, os três afundaram-se em suas poltronas e ficaram olhando horrorizados uns para os outros. Todos tinham em mente a mesma palavra, mas Galloway foi o primeiro a dizê-la.

— Uma leprosa! — exclamou. — A maldita tocou em todos nós!

— Menos eu! — reagiu o cirurgião. — Ela nunca pôs um dedo em mim.

— Quanto a isso — berrou Galloway —, ela só tocou na minha barba. Vou arrancar todos os pelos da cara antes do amanhecer.

— Somos uns idiotas! — o cirurgião vociferou, batendo com a mão na cabeça. — Contaminados ou não, jamais teremos um momento de paz durante um ano, até passar o perigo. Meu Deus, aquele capitão mercador deixou a sua marca. Fomos muito otários em acreditar que uma moça como esta estaria em quarentena pela razão que ele deu. Agora, é fácil ver que a corrupção do seu corpo começou durante a viagem. Exceto jogando-a ao mar, não tinham escolha, a não ser confiná-la até encontrarem um porto onde houvesse um leprosário.

Sharkey sentou-se, recostando-se na poltrona com uma expressão horripilante, enquanto ouvia as palavras do cirurgião. Limpou-se com seu lenço vermelho, espanando a poeira mortífera que o cobria.

— O que será de mim? — grasnou. — O que diz, *Baldy* Stable? Será que tenho salvação? Fala, vilão maldito, ou lhe baterei até ficar a uma polegada da morte, e esta polegada também! Estou perguntando se tenho salvação!

O médico de bordo, porém, sacudiu a cabeça.

— Capitão Sharkey — disse —, seria muito ruim se eu lhe fosse falso. O contaminante está com o senhor. Nenhum homem no qual se assentaram os farelos da lepra volta a ser saudável.

A cabeça de Sharkey caiu sobre o próprio peito. Ele ficou sentado, imóvel, tomado por enorme e inesperado pavor. Com os olhos em chamas, antevia seu futuro medonho. Lentamente, o contramestre e o cirurgião levantaram-se de seus lugares e se afastaram do ambiente pestilento da cabine, saindo para o ar puro do amanhecer, com uma brisa fresca perfumada na face e as nuvens avermelhadas captando a primeira luz do sol nascente, que disparava seus raios dourados sobre os contornos cobertos de palmeiras de Hispaniola ao longe.

Naquela manhã, os piratas realizaram uma segunda assembleia junto ao mastro principal e escolheram uma delegação para falar com o capitão. Ao se aproximarem das cabines posteriores, Sharkey apareceu, com o velho olhar demoníaco e duas pistolas numa cartucheira pendurada ao ombro.

— Vão todos para o fundo mar, seus vilões! — gritou. — Como ousam passar do escovém?[57] Sweetlocks, afaste-se dos outros e eu lhe parto em dois! Aqui, Galloway, Martin, Foley, fiquem comigo e chicoteamos estes cães de volta ao seu canil.

Os oficiais, entretanto, tinham abandonado o capitão. Nenhum veio em seu auxílio. Houve uma correria entre os piratas. Um teve o corpo atravessado por uma bala, mas pouco depois Sharkey estava detido e amarrado no mastro principal do seu próprio barco. Seus olhos gelatinosos voltavam-se a seu redor, encarando um a um, não havendo quem se sentisse melhor depois daquele olhar.

---

[57] Escovém: olho no casco por onde passa a corda da âncora, ou qualquer abertura redonda para passar amarras.

— Capitão Sharkey — disse Sweetlocks —, o senhor maltratou muitos dos nossos. Agora, descarregou a pistola no John Masters, além de matar Bartholomew, o carpinteiro, esmagando seu cérebro com um balde. Poderíamos perdoar-lhe tudo isso, por ser nosso líder há anos e termos assinado os artigos da companhia para servir sob o seu comando pela duração da viagem. Agora, ouvimos falar nesta *bona roba* a bordo e ficamos sabendo que o senhor está envenenado até a medula. Enquanto estiver se decompondo, não haverá segurança para qualquer um de nós. Todos se tornarão imundície e podridão. Por isso, John Sharkey, nós, os piratas da *Happy Delivery*, reunidos em assembleia, decidimos que, enquanto há tempo, antes que a peste se espalhe, o senhor será solto à deriva em um bote, a fim de que encontre a sorte que lhe reserve o destino.

John Sharkey não abriu a boca. Girando a cabeça bem devagar, amaldiçoou a todos com seu olhar maligno. Puseram um bote na água e Sharkey, com as mãos amarradas, foi baixado até o barco por uma corda.

— Soltem o bote! — gritou Sweetlocks.

— Ainda não. Espera um pouco, Mestre Sweetlocks! — gritou um membro da tripulação. — E a rapariga? Ela vai ficar a bordo até envenenar a todos?

— Mande-a para longe, junto com seu parceiro — gritou outro, e os piratas aprovaram com um rugido. Trazida na ponta da lança, a garota foi empurrada para o bote. Com todo o temperamento espanhol no seu corpo apodrecido, encarava seus captores com olhar triunfante.

— *Perros! Perros ingleses!* Leprosos, lazarentos! — gritava transtornada, enquanto a atiravam no bote.

— Boa sorte, capitão! Que tudo corra bem na sua lua de mel! — ressoou um coro de vozes debochadas, conforme afrouxaram as amarras do bote e a *Happy Delivery* ganhou velocidade, correndo a toda com o vento da rota e deixando o barquinho para trás, até se tornar uma pequena mancha solitária vista da popa na vasta expansão do mar.

Extratos do diário de bordo do navio de Sua Majestade, o *Hecate*, de cinquenta canhões, em sua incursão pela costa da América.

26 de janeiro de 1721

Neste dia, a carne curtida se tornou imprópria para alimentação e mais cinco marinheiros foram derrubados pelo escorbuto. Dei ordens para dois botes desembarcarem no noroeste de Hispaniola, à procura de frutas frescas e, com sorte, algum gado selvagem, que abunda pela ilha.

7h da noite

Os barcos voltaram com um bom abastecimento de legumes e dois bezerros. Woodruff, o mestre, reportou que, perto do ponto de desembarque, foi encontrado, na beira da floresta, o esqueleto de uma mulher, dentro de roupas europeias, cuja qualidade indicava tratar-se de pessoa de posses. Sua cabeça fora esmagada por uma pedra enorme que estava ao lado. Um pouco afastada, havia uma cabana feita de arbustos e indícios de que alguém morou ali por algum tempo. Viam-se restos de madeira queimada, ossos e outras pistas. Corre um rumor de que Sharkey, o pirata sanguinário, foi abandonado por estas partes no ano passado. Se ele conseguiu fugir para o interior, se foi recolhido por um navio em mar aberto, não há como saber. Caso continue mais uma vez solto por aí, rezo a Deus para que o traga ao alcance das nossas armas.

Como Copley Banks matou o capitão Sharkey

Os BUCANEIROS não eram apenas um mero bando de saqueadores. Tinham uma república flutuante, com leis, disciplina e costumes próprios. Nas suas intermináveis e impiedosas desavenças com os espanhóis, eles pareciam estar do lado da razão. Seus ataques sangrentos a cidades do continente não eram mais bárbaros do que as invasões territoriais da Espanha sobre a Holanda — ou sobre os caraíbas nestas mesmas terras americanas.

O chefe bucaneiro, fosse inglês ou francês, um Morgan ou um Grammont,[58] tinha que ser uma pessoa responsável, alguém cuja pátria podia apoiar, ou mesmo louvar, enquanto se contivesse e não cometesse qualquer ato que ferisse de maneira excessivamente ultrajante a couraça da consciência do século XVII. Alguns deles eram sensíveis à religião. Ainda hoje é lembrado que Sawkins jogou os dados no mar por ser Sabá e Daniel descarregou a pistola num homem por irreverência diante do altar.

---

[58] Um Morgan ou um Grammont: um Henry Morgan ou um Michel de Grammont, indicando se tratar de um grande homem (no caso, grande corsário), fosse inglês ou francês.

COMO COPLEY BANKS MATOU O CAPITÃO SHARKEY

Chegou um dia, entretanto, em que as esquadras de bucaneiros não se encontraram mais nas ilhas Tortugas, com o pirata solitário e foragido tomando o seu lugar. Mesmo com ele, a tradição de controle e disciplina se manteve. Entre os piratas antigos, os Everys, os Englands e os Roberts, havia algum respeito ao sentimento humano. Eram mais perigosos para os mercadores do que para os marinheiros.

Estes, por sua vez, foram substituídos por homens ainda mais selvagens e desesperados, que admitiam francamente não haver trégua na sua guerra contra a espécie humana, jurando retribuir na mesma medida o pouco que lhes deram. Das suas histórias, não sabemos muito que seja verdade. Não escreveram memórias nem deixaram rastro, exceto por destroços ocasionais, marcados pelo fogo e sujos de sangue, à deriva sobre a face do Atlântico. Seus feitos só podiam ser resumidos pela longa relação de navios que nunca chegaram a seus portos de destino.

Procurando registros históricos, só aqui e ali, em algum julgamento no Velho Mundo, o véu que os oculta parece ser suspenso por um instante e conseguimos ver de esguelha brutalidades grotescas e surpreendentes. De tal estirpe foram Ned Low, Gow, o escocês, o maldito Sharkey, cuja barca negra feito carvão, a *Happy Delivery*, era conhecida, das costas de Newfoundland[59] até a boca do Orinoco, como o prenúncio sombrio de miséria e morte.

Muitos homens, tanto nas ilhas como no continente, tiveram uma disputa de sangue contra Sharkey. Nenhum, entretanto, sofrera mais amargamente do que Copley Banks, de Kingston. Banks fora um dos maiores mercadores de açúcar das Índias Ocidentais. Era um homem de posição social, membro do Conselho, casado com uma Percival, primo do governador da Virgínia. Mandara os dois filhos estudar em Londres e a mãe fora buscá--los. Na viagem de volta, o navio deles, o *Duchess of Cornwall*,

---

[59] Newfoundland Banks (inglês): recifes e bancos de areia da costa leste do Canadá. Literalmente, a Nova Terra Descoberta.

caiu nas mãos de Sharkey e a família toda encontrou morte infame.

Copley Banks pouco disse ao receber a notícia, afundando-se numa melancolia letárgica e duradoura. Abandonou os negócios, evitou os amigos, passando a maior parte do tempo nas tabernas baratas de pescadores e marinheiros. Ali, entre badernas e diabruras, ficava quieto fumando cachimbo, de rosto imóvel e olhos em chamas. De modo geral, supunham que a tragédia perturbara a sua cabeça. Os velhos amigos passaram a olhá-lo de longe, por cultivar más companhias suficientes para mantê-lo afastado de homens honestos.

De tempos em tempos, chegavam rumores sobre Sharkey trazidos pelo mar. Às vezes, vinha com uma escuna que vira labaredas enormes no horizonte e se aproximara para oferecer ajuda, fugindo ao ver a barca negra à espreita feito um lobo junto a uma ovelha esquartejada. Outras vezes, era um navio mercante em pânico, que entrava no porto às pressas, com as velas esturricadas feito espartilho de mulher, só por ter visto um velacho remendado abrir-se lentamente no alto de um mastro sobre a linha violeta nas águas. Havia dias em que um barco costeiro encontrava uma das ilhotas secas das Bahamas manchada de cadáveres ressequidos pelo sol.

Certa vez, apareceu um homem que fora imediato de um navio da Guiné e escapara das mãos do pirata. Ele não conseguia falar — por razões que Sharkey saberia explicar melhor. Podia, entretanto, escrever e escreveu, despertando grande interesse em Copley Banks. Os dois ficavam horas sentados estudando juntos um mapa, com o mudo apontando aqui e ali para indicar recifes e braços de mar tortuosos. Banks fumava em silêncio, com a cara imóvel e os olhos em fogo.

Uma manhã, cerca de dois anos depois da sua tragédia pessoal, Copley Banks voltou ao seu escritório com a mesma energia e entusiasmo do passado. O gerente ficou surpreso ao vê-lo. Havia muitos meses ele não demonstrava qualquer interesse nos negócios.

— Bom dia, senhor Banks! — disse.
— Bom dia, Freeman! Vi que o *Ruffling Harry* está no porto.
— Sim, senhor. Parte para as Ilhas Barlavento na quarta-feira.
— Tenho outros planos para ele, Freeman. Resolvi fazer uma aventura e buscar escravos em Whydah.
— Mas, patrão, o navio já está com a carga embarcada.
— Então, terá de sair outra vez, Freeman. Está resolvido. O *Ruffling Harry* vem comigo comprar escravos em Whydah.

Todo argumento e tentativa de persuasão em contrário foram em vão. O gerente, mesmo ressentido, esvaziou novamente o navio.

Copley Banks, então, começou os preparativos para a sua viagem à África. Parecia confiar mais na força do que na barganha para encher a carga. Não embarcara uma única bugiganga chamativa, dessas que os selvagens adoram, mas equipara o brigue com oito canhões de nove libras[60] e armários cheios de mosquetes e cutelos. O quarto posterior à sala de vela, ao lado da cabine, foi transformado em um paiol, com munição suficiente para um navio pirata bem abastecido. A água e a comida também foram supridas para uma longa viagem.

A escolha dos integrantes da companhia foi ainda mais surpreendente. Levou Freeman, o gerente, a acreditar ser verdade o rumor de que seu patrão não estava regulando bem. Por este ou aquele pretexto, ele desprezava mãos experientes e testadas, marinheiros que serviam a sua empresa havia muitos anos. Em vez destes, embarcou a escória do porto, homens de reputação tão infame, que o recrutador mais baixo teria vergonha de indicá-los.

Lá estava *Birthmark* Sweetlocks, conhecido como um dos participantes da matança dos lenhadores. A horrenda desfiguração avermelhada do seu rosto era tida pelos fantasiosos como

---

[60] Libra (esterlina): ainda hoje unidade monetária em uso corrente na Grã-Bretanha.

um reflexo retardatário daquele crime hediondo. Foi escolhido primeiro-oficial. Em seguida, vinha Israel Martin, um baixinho enrugado pelo sol, que servira Howell Davies na conquista do Castelo da Costa do Cabo.

A tripulação foi selecionada entre os marinheiros que Banks conhecera nas pocilgas que frequentava. Seu ajudante de cabine era um homem de expressão conturbada, que soava feito um peru grugulejando quando tentava falar. Tirara a barba, sendo impossível reconhecê-lo como o mesmo sujeito que Sharkey colocara na ponta da faca e escapara para contar suas experiências a Copley Banks.

Estas medidas não passaram despercebidas nem ficaram sem comentários na cidade de Kingston. O comandante da tropa — Major Harvey, da Artilharia — manifestou suas sérias preocupações para o governador.

— A barca não é mercantil. É um pequeno navio de guerra — disse. — Penso que seria bom prender Copley Banks e confiscar a embarcação.

— De que você suspeita? — perguntou o governador, um homem de raciocínio lento, derrubado por febres e vinho do Porto.

— Eu suspeito — disse o militar — que vai ser como Stede Bonnet, tudo outra vez.

Stede Bonnet fora um plantador muito respeitado e religioso que, por algum surto incontrolável de selvageria no sangue, abandonou tudo e saiu pirateando pelos mares do Caribe. O exemplo era recente e causara a maior consternação nas ilhas. No passado, governadores já foram acusados de se associarem a piratas, de receberem comissão sobre o espólio das pilhagens. Assim sendo, qualquer falta de vigilância seria uma abertura para uma conspiração sinistra.

— Bem, Major Harvey — disse o governador. — Eu lamento muito precisar fazer qualquer coisa que possa ofender meu amigo Copley Banks. Muitas vezes tive os joelhos sob a sua mesa de mogno, mas diante do que diz não me resta escolha, a não ser mandá-lo a bordo do navio, a fim de que se certifique de suas características e finalidades.

Assim, à 1 h. da manhã, o Major Harvey, com uma lancha cheia de soldados, fez uma visita ao *Ruffling Harry*. Não encontraram nada mais sólido do que uma corda de cânhamo flutuando amarrada na pilastra do ancoradouro. Fora cortada pelo brigue, quando intuíram o perigo. O navio já passara dos molhes do porto e lutava com ventos contrários a nordeste, em curso para a Passagem Barlavento.

Na manhã seguinte, quando o brigue reduzira Point Morant a uma mera nebulosa ao sul do horizonte, os homens foram convocados para a popa e Copley Banks revelou seus planos. Disse que foram escolhidos por serem uma rapaziada animada e impetuosa, pois preferiam arriscar a vida no mar a passarem fome em terra firme. Os navios da marinha real eram poucos e fracos. A sua companhia seria capaz de capturar qualquer barco mercante que encontrasse pelo caminho. Outros já tinham se dado bem nesta atividade. Com um navio bem equipado e bom de manobrar, não havia razão para não trocarem seus jalecos encardidos por vestes de veludo. Caso estivessem preparados para velejar sob a bandeira negra, ele estava pronto para comandá-los. Se alguém desejasse retirar-se da companhia, teria que remar e pescar de volta à Jamaica.

Quatro dos 46 pediram para ser dispensados. Desceram pelas laterais do navio até um bote e se afastaram remando, entre urros e deboches da tripulação. Os demais continuaram reunidos na popa, escrevendo os artigos da sociedade. Pintaram uma caveira branca sobre um pedaço de lona preta de piche e penduraram no alto do mastro principal, em meio a uma euforia geral.

Elegeram os oficiais, estabelecendo os limites da autoridade de cada um. Copley Banks foi escolhido capitão. Não havia imediato em navio pirata. *Birthmark* Sweetlocks foi eleito contramestre, e Israel Martin, mestre de guarnição. Não foi difícil saber quais seriam os costumes daquela fraternidade. Pelo menos a metade dos marinheiros já tinha trabalhado na pirataria anteriormente. A comida era igual para todos e homem algum podia tocar na bebida dos outros! O capitão ocupava a cabine, mas qualquer um a bordo poderia entrar e sair à hora que quisesse.

Todos tinham direito a uma cota e a cota era igual para todos, excluindo o capitão, o contramestre, o mestre de convés, o armeiro e o carpinteiro, que ganhavam mais, entre um quarto e outra cota inteira. Quem visse a presa primeiro ficava com a melhor arma encontrada a bordo. Quem a invadisse primeiro, tinha direito às roupas mais caras encontradas no "prêmio". Todo aquele que fizesse prisioneiros, fosse homem ou mulher, podia tratá-los como bem entendesse. O homem que se afastasse das suas armas durante combate seria executado a tiros na hora, pelo contramestre. Estas eram algumas das regras que a tripulação do *Ruffling Harry* assinou, com 42 marcas em cruz no rodapé do papel onde foram escritas.

Assim, um novo navio pirata percorria os mares e, antes que um ano se passasse, seu nome já era tão conhecido como o da barca *Happy Delivery*. Das Bahamas às Ilhas Sotavento, das Sotavento às Barlavento, Copley Banks tornou-se um rival de Sharkey e o terror dos mercadores. Por muito tempo, a barca do pirata e o brigue não se cruzaram, o que parecia ainda mais peculiar, pois o *Ruffling Harry* estava sempre procurando esconderijos de Sharkey. Um dia, enfim, quando passava pela enseada da Cova do Coxon, no extremo leste de Cuba, com intenção de limpar o casco, encontrou a *Happy Delivery*, com roldanas e presilhas já amarradas para fazer o mesmo.

Copley Banks disparou um tiro de saudação e levantou a bandeira verde do trombeteiro, como era cavalheirismo de costume no mar. Depois, baixou um bote e veio a bordo.

O capitão Sharkey não era um homem de temperamento moderado, nem tinha qualquer simpatia ou cortesia com quem se dedicasse ao mesmo ofício que ele. Copley Banks encontrou-o montado em um canhão de popa, com o contramestre da Nova Inglaterra Ned Galloway e um bando de desordeiros rugindo a seu redor. Nenhum gritava com a mesma segurança quando a cara pálida de Sharkey, com seus olhos gelatinosos, se voltava para ele.

Estava em camisa de manga, com as pregas do colete de cambraia projetando-se para fora da abertura de sua casaca de cetim vermelho. O sol escaldante parecia não ter qualquer efeito sobre seu esqueleto sem carne, pois vestia um casaco de pele longo, como se fosse inverno. Uma fita de seda multicolorida ao redor do corpo segurava sua pequena espada assassina, enquanto sua cinta larga com fecho de metal estava estufada de pistolas.

— Vou afundá-lo como um ladrão! — gritou quando Copley Banks passava por cima da amurada lateral. — Vou lhe bater até deixá-lo a uma polegada da morte. Depois, acabo com ela também! O que significa isso de vir pescar nas minhas águas?

Copley Banks olhou-o e seus olhos estavam como os do peregrino que enfim vê a própria casa.

— Fico contente por pensarmos da mesma maneira — ele disse. — Sou da opinião de que estes mares não são grandes o suficiente para nós dois. Agora, se pegar sua espada e suas pistolas e vier comigo para um banco de areia, então, de uma maneira ou outra, o mundo se livrará de ao menos um vilão maldito.

— Agora sim. Isso é falar sério! — reagiu Sharkey, pulando do canhão e estendendo a mão. — Não encontrei muitos capazes de encarar John Sharkey nos olhos sem perder o fôlego. Que o diabo me carregue se eu não o fizer meu sócio! Agora, caso falseie comigo, vou a bordo do seu navio e o retalho na própria popa.

— Prometo fazer o mesmo — disse Copley Banks, e assim os dois piratas tornaram-se camaradas sob juramento.

Naquele verão, seguiram ao norte, saqueando barcos de mercadores de Nova York e baleeiros da Nova Inglaterra até os montes de Newfoundland. Copley Banks capturou o navio de Liverpool *House of Hanover*, mas foi Sharkey quem atou seu mestre no guincho das amarras[61] da âncora e matou-o atirando garrafas de clarete vazias.

Juntos, enfrentaram um navio da marinha real britânica, o *Royal Fortune*, que fora enviado à sua procura, derrotando-o depois de cinco horas de batalha à noite, com as tripulações lutando nuas, bêbadas e furiosas, sob as luzes das lanternas de combate, com um balde de rum e uma caneca de lata ao lado do descanso de cada canhão. Correram até a Baía da Mezena, na Carolina do Norte, para fazer reparos. Na primavera, já se encontravam nas Grandes Caicos, prontos para um longo cruzeiro pelas Índias Ocidentais.

Naquela altura, Sharkey e Copley Banks tinham se tornado excelentes amigos. Sharkey amava um vilão convicto e também gostava de um homem de ferro. Para ele, os dois atributos pareciam reunir-se no capitão do *Ruffling Harry*. Demorou muito para confiar nele, já que a frieza da suspeita era profunda na sua personalidade. Nunca, uma única vez que fosse, ele se permitira sair do navio e se afastar de seus homens.

Copley Banks, entretanto, ia com frequência a bordo da *Happy Delivery*, unindo-se a Sharkey em seus escárnios enfadonhos, de modo que qualquer suspeita remanescente ficasse de lado. O pirata não lembrava coisa alguma do mal que causara a seu novo companheiro de farra. Como poderia lembrar-se, entre suas muitas vítimas, de uma mulher e dois meninos que matara com tanta frivolidade muito tempo antes? Assim sendo, não viu razão para rejeitar o desafio do outro, de vir a bordo com os contramestres celebrar a última noite nos areais de Caicos.

Tinham saqueado um navio muito bem fornido na semana

---

[61] Guincho das amarras: (sarilho, molinete, roldanas, polia) roda de correia transmissora para movimento ou sustentação de peso.

anterior, seus ganhos não poderiam ser melhores. Depois da janta, cinco deles ficaram e beberam muito. Eram os dois capitães, *Birthmark* Sweetlocks, Ned Galloway e Israel Martin, o velho bucaneiro. A servi-los, estava o ajudante mudo, cuja cabeça Sharkey quebrou com um copo, porque demorou muito a enchê-lo.

O contramestre recolheu as pistolas de Sharkey para longe. Era uma velha brincadeira dele cruzar os braços e dispará-las por baixo da mesa para ver quem tinha mais sorte. Este prazer já custara uma perna ao mestre de convés. Desde então, depois da janta, ao limparem a mesa, recolhiam as armas de Sharkey, usando o calor como desculpa para deixá-las fora de seu alcance.

A cabine do capitão no *Ruffling Harry* era uma residência de convés no castelo de popa, com um canhão de caça montado na traseira e balas redondas alinhadas pelas paredes, além de três barris grandes cheios de pólvora, que serviam de mesa para pratos e garrafas. Nesta sala sombria, os cinco piratas beberam, cantaram e berraram, enquanto o criado mudo enchia os copos e passava de um para outro uma vela acesa e a caixa com tabaco para os cachimbos. Hora após hora, a conversa tornava-se cada vez mais maluca, as vozes mais ásperas, a gritaria e as pragas cada vez mais incoerentes, até três dos cinco fecharem seus olhos vermelhos congestionados e deixarem a cabeça balançante cair sobre a mesa.

Copley Banks e Sharkey ficaram face a face, um por ter bebido menos, o outro porque não havia quantidade de bebida capaz de abalar seus nervos de aço ou aquecer seu sangue entorpecido. Atrás dele, estava o criado mudo, vigilante para repor o vinho que desaparecia do seu copo. De fora, vinha a batida suave da maré no casco. Pelas águas, um canto de marinheiro vinha da sua barca.

Na noite tropical sem vento, as palavras chegavam claras a seus ouvidos:

> *Um mercador saiu de navio de Stepney Town*
> *Acorda ela! Sacode a vela! Vê se abre a mestra!*
> *Um mercador saiu de navio de Stepney Town*
> *Trazia ouro num barril e vestia trajes de veludo.*
> *Foi quando surgiu Jack, o pirata atrevido,*
> *que estava quieto de verga recolhida*
> *à sua espera nos mares das Terras Baixas.*

Os dois companheiros de farra ouviam sentados em silêncio. Até Copley Banks olhar para o criado e o homem pegar um pedaço de corda do armário de armas atrás dele.

— Capitão Sharkey — disse Copley Banks —, lembra do *Duchess of Cornwall*, que vinha de Londres, quando o senhor o capturou e o afundou, há três anos, perto dos Areais de Statira?

— Maldito seja, se conseguir guardar seus nomes na memória — disse Sharkey. — Naquela época, assaltávamos até dez barcos por semana.

— Havia uma mãe com dois filhos entre os passageiros. Isso talvez reavive sua memória.

O capitão Sharkey reclinou-se pensativo, projetando para cima seu enorme nariz em forma de bico. De repente, soltou uma gargalhada alta, aguda, feito relinchos. Disse que lembrava, acrescentando detalhes para prová-lo.

— Que me joguem na fogueira, se não tinha escapado da minha memória! O que o fez pensar nisso?

— É do meu interesse — disse Copley Banks. — A mulher era minha esposa e os meninos meus únicos filhos.

Sharkey encarou o companheiro do outro lado e viu que o fogo meio morto que se ocultava em seus olhos se transformara em uma labareda macabra. Percebeu a ameaça e meteu as mãos no cinturão vazio. Moveu-se, então, tentando pegar uma arma, mas foi laçado por uma corda posta a seu redor e num instante seus braços estavam presos nas laterais do corpo. Ele resistiu feito um gato selvagem gritando por socorro.

— Ned! — berrou. — Ned! Acorda! Isso aqui é uma vilania maldita! Ajuda, Ned, ajuda!

Os três homens, porém, estavam profundamente mergulhados no sono, roncando feito porcos, para qualquer voz acordá-los. A corda continuou passando a seu redor, até Sharkey ficar enfaixado do pescoço ao tornozelo, feito uma múmia. Deixaram-no rígido e impotente junto a um barril de pólvora, amordaçando-o com um lenço, mas seus olhos gelatinosos de contorno vermelho ainda amaldiçoavam a todos. O mudo gaguejou de exaltação e Sharkey tremeu pela primeira vez ao ver aquela boca aberta na sua frente. Entendeu que a vingança, lenta e paciente, havia muito estava nas suas pegadas e ele finalmente caíra na sua rede.

Os dois captores tinham tomado todas as providências conforme seus planos, que eram de certo modo elaborados.

Em primeiro lugar, arrancaram a tampa de dois dos maiores barris de pólvora, espalhando o conteúdo pela mesa e no chão. Fizeram pequenos montes embaixo e ao redor dos três bêbados, até cada um se escarrapachar no seu monte de pólvora. Levaram Sharkey para junto do canhão de fundos e o amarraram na portinhola, com o corpo a cerca de um pé da boca da arma. Por mais que tentasse, não conseguia se mover uma polegada à direita ou à esquerda. O mudo ainda o atara com a perícia de marinheiro, de modo que não havia possibilidade de se soltar.

— Agora, seu demônio sanguinário — disse Copley Banks, com tranquilidade —, você vai ouvir o que eu vou dizer, porque serão as últimas palavras que você escutará. Agora, você é meu. Paguei um preço, abri mão de tudo que um homem pode abandonar no mundo. Entreguei inclusive a alma. Para chegar a você, tive que me afundar até o seu nível. Por dois anos, relutei, na esperança de descobrir outra maneira, mas aprendi que não havia. Roubei, matei, pior ainda, vivi e me diverti na sua companhia, tudo isso com um único objetivo. Agora, chegou a minha hora.

Você vai morrer como eu quiser que morra, vendo as trevas crescerem lentamente diante de si, com o demônio à sua espera na escuridão.

Sharkey ouvia a voz rouca dos seus piratas entoando a cantiga de marinheiro trazida pelas águas.

> *Que fim levou o navio do mercador de Stepney Town?*
> *Acorda ela! Sacode a vela! Dobrem todas as vergas!*
> *Quem viu o navio do mercador de Stepney Town?*
> *O ouro vem no guincho pro porão,*
> *Seu sangue ficou no seu roupão.*
> *Tudo devido a Jack, o pirata atrevido,*
> *Que veio trazido pelo vento a favor*
> *Do outro lado dos mares das Terras Baixas.*

As palavras chegavam claras a seus ouvidos. Por perto, ouvia passos de dois homens andando pelo convés de um lado para outro. Ele, entretanto, continuava desvalido, olhando boca abaixo o cano de um canhão de nove libras, incapaz de se mover uma polegada, nem mesmo para soltar um gemido. Mais uma vez, explodiu a cantoria no convés da sua barca.

> *Eis que aqui é o fim, vamos pra Baía de Stornoway*
> *Empacota! Parte! Tenta uma vela varredeira!*
> *Vai em curva para a Baía de Stornoway*
> *Lá tem bebida boa e muita mulher à toa,*
> *Esperando por seu Jack, o atrevido*
> *Vigiando para ver se seu navio se acha*
> *do outro lado dos mares das Terras Baixas.*

Para o pirata à beira da morte, os versos bem-humorados e a melodia contagiante tornavam o destino que lhe cabia ainda mais árduo, mas nem isso suavizava seus peçonhentos olhos azuis. Copley Banks já tinha limpado o ouvido do canhão,[62] enchendo o buraco com pólvora fresca. Então, pegou uma vela e cortou-a até deixar uma ponta de uma polegada, colocando o pedaço sobre a pólvora espalhada no orifício do cano da arma. Jogou mais pólvora no chão, formando uma camada grossa, de modo que a vela ao cair com o tranco do disparo também explodiria o monte de pólvora onde os três bêbados estavam estatelados.

— Você fez muita gente olhar a morte de frente, Sharkey — disse. — Agora, chegou a sua vez. Você e estes porcos aqui vão juntos! — Acendeu o pavio na ponta da vela enquanto falava e apagou as luzes sobre a mesa com um sopro. Depois, saiu com o mudo, trancando a cabine pelo lado de fora. Antes de fechar, entretanto, olhou exultante para dentro e recebeu uma última maldição daqueles olhos incontroláveis. No círculo opaco da única fonte de luz, a imagem daquela face branca como marfim, com o suor refletindo sobre sua fronte, careca e pronunciada, seria a última que alguém veria de Sharkey.

Havia um esquife na lateral. Copley Banks e o criado mudo embarcaram nele e seguiram para a praia. Ao olharem para trás, viram o brigue flutuando ao luar, um pouco além da sombra das palmeiras. Ficaram aguardando. Esperaram um pouco mais, prestando atenção naquela luz fraca que brilhava pela portinhola da popa. Finalmente, então, ouviu-se o estrondo abafado de um canhão e, passado um instante, o baque estraçalhante da explosão. A barca negra, longa e esguia, a areia branca da praia e as palmeiras emplumadas com folhas abanando projetaram-se em luzes deslumbrantes, antes de voltar a escuridão. Vozes gritavam, pedindo ajuda à baía.

Copley Banks, então, bateu no ombro do seu parceiro com o coração cantando por dentro e os dois embrenharam-se juntos na floresta desolada de Caicos.

---

[62] Ouvido do canhão (escorva): parte da arma em que se colocava a pólvora ao carregar a arma.

O *Slapping Sal*

Foi no tempo em que o poder da França sobre os mares já se rompera, quando havia mais navios franceses de três andares apodrecendo em Medway do que ancorados no porto de Brest. Suas fragatas[63] e corvetas, entretanto, ainda percorriam o oceano, sempre seguidas de perto por barcos de países rivais. Nos confins mais remotos da terra, aqueles navios imponentes, com doces nomes de mulheres e flores, se avariavam e destruíam uns aos outros pela honra de ostentar as quatro jardas de pano das bandeiras nacionais que tremulam no alto dos mastaréus.[64]

O vento soprara forte à noite, mas se acalmara ao amanhecer. O sol nascente, então, coloriu o contorno da nuvem pesada que desaparecia a oeste e cintilou nas cristas intermináveis das longas ondas verdes. A oeste, norte e sul, a linha do horizonte seguia ininterrupta, exceto pelo jorrar de espuma, quando dois dos grandes mares atlânticos se chocavam, explodindo em gotas. A leste havia uma ilha rochosa, projetando-se em escarpadas pontudas, com alguns agrupamentos esparsos de palmeiras e uma

---

[63] Fragata: navio de três mastros, com uma ou duas cobertas de canhões, utilizado pelas marinhas de guerra europeias desde o século xvii.

[64] Mastaréu (carangueja): peça de madeira (também dita gávea, joanete e sobrejoanete) que prolonga o mastro, geralmente no traquete, na mezena e na gata.

ponta de nevoeiro saindo do topo em cone da montanha sem vegetação.

Um mar de ressaca batia-se contra a praia. A uma distância segura, uma fragata britânica de 32 canhões, a *Leda*, com o capitão A.P. Johnson, erguia o dorso negro e lustroso sobre a crista das ondas ou mergulhava num vale esmeralda, afastando-se ao norte com vento fácil nas velas. No convés branco como a neve, estava de pé um baixinho rígido de cara marrom, percorrendo o horizonte com a luneta.

— Sr. Wharton! — gritou, com uma voz feito dobradiça enferrujada.

Um oficial magro, de pernas tortas, veio capengando da popa.

— Sim, senhor.

— Abri as ordens lacradas, sr. Wharton!

Uma chama de curiosidade brilhou no rosto magro do primeiro-tenente. A *Leda* partira de Antígua com seu barco acompanhante, o *Dido*, na semana anterior e as ordens do almirante vinham em envelope com lacre.

— Era para abri-las só ao chegarmos à ilha deserta de Sombriero, na latitude norte 18,36 e longitude oeste 63,28. Sombriero estava quatro milhas a nordeste do nosso flanco de proa quando passou a tempestade, sr. Wharton.

O tenente concordou com a cabeça. Ele e o capitão eram grandes amigos desde a infância. Foram à escola juntos, entraram juntos para a marinha, muito combateram lado a lado e casaram-se com familiares um do outro. Enquanto seus pés estivessem na popa, porém, a disciplina de ferro em serviço eliminava tudo que tivessem de humano, deixando apenas um superior e um subordinado. O capitão Johnson retirou do bolso um papel azul, que estalava ao ser desdobrado.

As fragatas de 32 canhões Leda e Dido (com os capitães A.P. Johnson e James Munro) devem seguir do ponto em que estas instruções forem lidas até a entrada do Mar do Caribe, na expectativa de encontrar a fragata francesa *La Gloire* (de 48 canhões), que recentemente atacou nossos navios mercantes na região. As fragatas de Sua Majestade também são aqui instruídas a caçar a embarcação pirata às vezes chamada de Slapping Sal e às vezes de Hairy Hudson, que igualmente assaltou barcos britânicos, infligindo barbaridades a suas tripulações. Trata-se de um brigue pequeno, com dez canhões leves e um cano curto antigo de 24 libras na vante. Foi visto pela última vez no 23º dia do mês passado, a nordeste da Ilha de Sombriero.

James Montgomery, contra-almirante
HMS[65] *Colossus*, em Antígua.

— Parece que perdemos nosso barco acompanhante — disse o capitão Johnson, redobrando as instruções e voltando a percorrer o horizonte com a luneta. — Ele se perdeu depois que reduzimos as velas. Seria uma lástima encontrar este barco francês de grande porte sem o *Dido*, não acha, sr. Wharton?

O tenente piscou e sorriu.

— O barco tem canhões de 18 libras nas laterais do convés principal e outros de 12 libras na popa, meu senhor — disse o capitão. — Vem com 400 homens a bordo, contra os nossos 231. O capitão Milon é o homem mais esperto a serviço da França. Oh Bobby, meu rapaz, eu arriscaria a fé que tenho na minha bandeira para roçar minha lateral na dele!

Girou nos seus calcanhares, constrangido por seu lapso momentâneo.

— Sr. Wharton — disse olhando com preocupação por sobre os ombros —, tire as velas quadradas do vento e se afaste um grau a oeste.

— Um brigue a bombordo! — ouviu-se de uma voz vinda do castelo de proa.

---

[65] Abreviação de *Her or His Majesty's Ship* (Navio de Sua Majestade), prefixo dos navios da Marinha Real Britânica.

— Um brigue a bombordo — repetiu o tenente.

O capitão pulou para cima do parapeito, segurando-se nas cordas da mezena. Era uma figura estranha, pequena, com a camisa esvoaçante, de olhos enrugados. O tenente magro esticou o pescoço e cochichou com Smeaton, o seu segundo, enquanto marinheiros e oficiais saíam do porão e se aglomeravam na amurada a barlavento, cobrindo os olhos com as mãos, porque o sol dos tópicos já passara da sombra das palmeiras. O brigue estranho estava ancorado na garganta de um estuário tortuoso. Era óbvio que o barco não sairia sem ficar ao alcance dos canhões da fragata. Um longo rochedo ao norte a retinha ali.

— Mantenha o curso como está, sr. Wharton — disse o capitão. — Mal vale a pena nos prepararmos para combate, sr. Smeaton, mas os homens devem ficar junto às armas, para a eventualidade do brigue tentar nos ultrapassar. Desamarre os canhões de proa e destaque homens com pequenas armas para o castelo de vante.

A tripulação britânica foi para seus postos, na hora, com a calma e a serenidade de homens em sua rotina diária. Em poucos minutos, sem ruído ou confusão, os marinheiros se agruparam junto às canhoneiras, os fuzileiros navais estavam de joelhos apoiando-se nos mosquetes e o mastro da ponta da proa apontava diretamente para a sua pequena vítima.

— É o *Slapping Sal*, meu senhor?

— Não tenho a menor dúvida, sr. Wharton.

— Não parecem muito contentes em nos ver. Cortaram o cabo e estão abrindo as velas.

Era evidente que o brigue pretendia lutar pela sua liberdade. Um pequeno pedaço de pano se soltou esvoaçante e deu para ver seus tripulantes trabalhando feito loucos nas amarras. O barco não fez qualquer tentativa de passar pela fragata, seguindo para dentro do estuário. O capitão esfregou as mãos.

— Está buscando água rasa, sr. Wharton, e vamos ter que arrancá-lo de lá, Sir. É um briguezinho vagabundo. Eu diria que um barco de dois mastros seria melhor de manobrar.

— Ali houve um motim, meu senhor.
— De fato!
— Foi sim, senhor. Ouvi falar nisso em Manila: um negócio ruim, Sir. O capitão e dois oficiais foram mortos. Este *Hudson* ou *Hairy Hudson*, como o chamam, liderou a rebelião. Ele é de Londres, meu senhor. Um vilão tão cruel quanto o pior que já tenha existido.

— Seu próximo passeio será para o cadafalso no cais do porto, sr. Wharton. Parece ter muita gente a bordo. Gostaria de ficar com vinte dos seus melhores homens. Seriam suficientes para corromper a tripulação da barca, sr. Wharton.

Os dois oficiais ficaram observando o brigue com suas lunetas. Subitamente, o imediato arreganhou os dentes, enquanto o capitão corou bastante.

— Aquele é o *Hairy Hudson*, ali na murada da popa, meu senhor.

— Um pulha baixo e insolente. Vai tentar mais alguns de seus truques antes de acabarmos com ele. Conseguiria atingi-lo com um canhão longo de 18 libras, sr. Smeaton?

— Uma medida mais perto e já dá, meu senhor.

O brigue deu uma guinada enquanto conversavam. Conforme fez a volta, soltou fumaça pelo castelo de popa, numa mera bravata, porque o canhão mal conseguiu jogar a bala até o meio do caminho. Depois, com uma manobra elegante, a pequena embarcação retomou o vento de rota, fez mais uma curva e entrou no canal tortuoso.

— A água está ficando rasa rapidamente, meu senhor — repetiu o segundo tenente.

— Temos seis braças de profundidade, de acordo com o mapa.

— Quatro pela sonda de chumbo.

— Quando passarmos deste ponto, veremos como estamos. Ah! É como eu tinha pensado! Acabou para ele, senhor Wharton. Agora, vai ficar à nossa mercê!

A fragata, uma vez na entrada daquele estuário feito um rio, não podia ser vista do mar. Conforme completou a curva, notaram que as duas margens convergiam em um ponto a cerca de uma milha de distância. No ângulo, o brigue parou tão próximo da terra quanto conseguiu, com os canhões laterais apontados para o seu perseguidor e uma tira de pano preta tremulando na mezena. O tenente magricela, que reaparecera no convés com uma adaga pendurada de um lado e duas pistolas na cintura, ficou olhando intrigado para a bandeira.

— É o pirata? — perguntou.

O capitão, porém, estava furioso.

— Ele pode se enforcar aí mesmo onde pendurou as calças, antes que eu acabe com ele! — comentou. — Que botes deseja, sr. Wharton?

— Acho que nos bastam a lancha e o escaler.

— Pegue quatro botes e faça um serviço limpo. Embarque as tripulações imediatamente. Vou trazer a fragata mais perto para ajudar com os canhões longos de 18 libras.

Depois de um roçar de cordas e um ranger de roldanas, os quatro barcos bateram os cascos na água. As tripulações se apertaram dentro deles: marinheiros descalços, fuzileiros impassíveis, aprendizes aos risos e, na prancha de cada bote, os oficiais mais graduados com a cara séria de mestre-escola. O capitão, de cotovelos sobre a bitácula,[66] observava o brigue ao longe. Sua tripulação recolhia as redes de abordagem das laterais, arrastava canhões a boreste[67] e abria mais portinholas para eles, tomando todas as medidas para uma resistência desesperada. No auge da correria, um homem enorme, com barba até os olhos e gorro vermelho na cabeça, fazia força, curvando-se, carregando peso. O capitão o observou com um sorriso azedo. Fechou sua luneta num estalo e virou-se sobre os calcanhares. Ficou só olhando por um instante.

---

[66] Bitácula (habitáculo): coluna de madeira ou metal com um receptáculo (cuba) que contém a caixa da bússola.

[67] Boreste (boroeste, estibordo): lado direito de uma embarcação, olhando-se de ré para vante.

— Chamem os botes de volta! — ordenou com a voz fina e falha. — Aprontem-se para entrar em combate. Soltem as presilhas das armas do convés principal. Sr. Smeaton, prenda as vergas e fique de prontidão para virar de bordo[68] quando tiver força suficiente.

Contornando a curva do estuário, vinha um navio enorme. De gurupés amarelo e imponente, a figura de proa projetava as asas brancas por trás de um grupo de palmeiras, enquanto bem mais acima erguiam-se três mastros imensos, com a bandeira tricolor tremulando soberba na mezena. Fez a curva, deixando cremosa a água azul profunda ao pé da proa, até ficar completamente à vista com sua lateral longa, negra e arqueada, de linha de cobre brilhante rebaixada, redes brancas como a neve mais acima e muitos homens olhando pela murada. As jardas mais baixas estavam presas, as portinholas abertas com os canhões para fora, prontos para entrar em ação. Escondidos atrás de um dos promontórios da ilha, os espiões de *La Glorie* viram o *cul--de-sac*[69] para onde se dirigia a fragata britânica. Deste modo, o capitão Milon pôs o *Leda* na mesma situação em que o capitão Johnson colocara o *Slapping Sal*.

A esplêndida disciplina da marinha britânica, entretanto, rendia o seu melhor em crises como aquela. Os botes voaram de volta, a tripulação se reuniu a bordo, os homens pularam para as serviolas[70] e firmaram as amarras frouxas. As redes foram recolhidas e guardadas, os tapumes retirados para baixo, abriram portinholas e paióis, apagaram o fogo na cozinha e os tambores rufaram para que todos corressem a seus postos. Levas de homens abriram as velas de proa e fizeram a barca virar de bordo, enquanto os canhoneiros jogaram longe seus casacos e camisas, apertaram os cintos e rolaram para fora os canhões de 18 libras,

---

[68] Virar de bordo: mudar de lado em relação ao vento.
[69] Cul-de-sac (francês): Expressão francesa, "beco sem saída".
[70] Serviola (*turco de lambareiro*): amarra para redução de atrito.

que ficavam espiando o imponente navio francês pelas portinholas abertas.

O vento estava muito leve. Mal encrespava a água azul-clara, mas soprava as velas suavemente, conforme vinha das praias arborizadas. O barco francês também se pôs em movimento e os dois dirigiram-se lentos para o mar, com velas de ré e vante[71] — o *La Glorie* levando cem jardas de vantagem. A barca se enviesou ao vento para cruzar à frente da proa do *Leda*, mas o navio britânico também fez a volta. Os dois seguiram sem pressa, cortando a água num silêncio tão intenso, que todos ouviam com rara nitidez o ranger dos soquetes[72] dos fuzileiros franceses carregando suas armas.

— Não há muito espaço para manobrar, sr. Wharton — observou o capitão.

— Já combati com menos que isso, meu senhor.

— Precisamos manter distância e confiar nos nossos canhões. Ela tem muita gente a bordo, se chegar até a lateral podemos ter problemas.

— Vejo boinas de soldados a bordo.

— Duas companhias de infantaria leve da Martinica. Agora, a barca é nossa! Toda força a bombordo, e deixem que ela conheça nossos canhões assim que cruzarmos a popa!

Os olhos aguçados do pequeno comandante notaram que o mar começava a encrespar, indicando uma brisa passageira. Ele usou-a para cortar o caminho do barco grande, atacando-o com todos os canhões durante a passagem. Ultrapassado o barco, entretanto, o *Leda* teve de voltar para o vento e se manter fora de águas rasas. A manobra trouxe-o a estibordo do francês. Sua pequena e esguia fragata parecia adernar sob o impacto dos tiros que saíam das portinholas escancaradas. Um momento mais tarde, os marinheiros estavam feito um enxame pelo ar, no alto

---

[71] Velas de vante e ré: velas adicionais nos mastros de proa e popa, colocadas para aproveitar melhor o vento.

[72] Soquete: espécie de pilão utilizado para firmar a pólvora dentro da boca do canhão.

dos mastros, abrindo a gávea[73] e as velas dos joanetes[74] de topo, mas a barca sofreu para cruzar o *La Glorie* pela proa e varrê-lo outra vez a canhonaços. O capitão francês, porém, virou a proa da barca e os dois ficaram navegando lado a lado, ao alcance de um tiro de pistola, descarregando um no outro os canhões laterais, num daqueles duelos mortíferos que, caso todos fossem registrados, cobririam os mapas de sangue.

Sob o ar pesado dos trópicos com brisa tão fraca, a fumaça formou uma nuvem espessa ao redor dos navios, dos quais apenas os topos dos mastros principais sobressaíam. Nenhum conseguia ver coisa alguma do inimigo, exceto pelos relampejos dos disparos na escuridão. Os canhões eram limpos com a esponja de lã, apontados e disparados contra uma densa parede de vapores. Na popa e no castelo de proa, os fuzileiros navais, em duas colunas vermelhas, despejavam voleios de balas. Nem eles, nem os canhoneiros, entretanto, conseguiam ver o resultado dos tiros. Na verdade, nem saberiam dizer quantas baixas eles mesmos teriam sofrido, porque um homem a postos junto a um canhão mal conseguia ver outro à direita e à esquerda. Sobrepunham-se ao troar dos canhões estilhaços mais agudos de tiros de mosquete partindo as tábuas e o ocasional estrondo mais pesado de quando um pedaço de mastro ou roldana de ferro se espatifava no convés. Os tenentes percorriam as linhas de tiro para cima e para baixo, enquanto o capitão Johnson afastava a fumaça com o chapéu de bico, ansioso por ver alguma coisa.

— Isto é raro, Bobby! — disse para o tenente, que chegou perto. Então, de súbito, controlou-se. — Quais foram as nossas perdas, sr. Wharton?

---

[73] Gávea: o termo gávea é utilizado com múltiplos significados: mastro suplementar que se encaixava no alto de um dos mastros (espiga ou mastaréu amarrado ao mastro principal); verga que cruza no mastaréu de gávea grande; velas redondas que pendem da verga de gávea grande e outras (velacho, gata), ou pendentes das vergas de mesmo nome.

[74] Joanete: cada um dos mastaréus, vergas e velas que se aparelham (prendem) sobre o mastaréu da gávea, recebendo a denominação do mastro correspondente.

— A verga da vela principal de proa e a carangueja, meu senhor.

— Onde está a bandeira?

— Caiu no mar, meu senhor.

— Vão pensar que estamos rendidos! Retire uma bandeirola dos botes e amarre-a no braço a estibordo da verga mais baixa da mezena.

— Sim, senhor.

Uma bala de canhão destruiu a caixa da bússola, que se encontrava entre os dois. Uma segunda bala reduziu dois fuzileiros a uma pasta sanguinolenta e pulsante. A fumaça subiu por um momento e o capitão inglês viu que a artilharia do adversário, mais pesada, causara um estrago medonho. O *Leda* estava aos pedaços. O convés coalhado de cadáveres, as portinholas arrebentadas, com várias se tornando uma só. Um canhão de 18 libras, caído para trás, apontava para o céu. Rarefeita, a coluna de fuzileiros continuava carregando e disparando suas armas, mas metade dos canhões estava silenciosa, com pilhas de homens amontoados ao redor.

— Preparem-se para repelir abordagem! — gritou o capitão.

— Cutelos, rapaziada, cutelos! — rosnou Wharton.

— Suspendam o fogo até nos tocarem — gritou o mestre dos fuzileiros.

Viram o vulto gigantesco do navio francês abrir caminho na fumaça. Aglomerações de invasores se dependuravam pelas cordas das laterais e mastaréus. Um disparo final das canhoneiras de flanco saiu de suas portinholas e o mastro principal do *Leda* partiu-se na base, poucos pés[75] acima do chão do convés. Rodou no ar e desabou aos pedaços sobre os canhões a bombordo, matando dez homens e deixando a bateria inteira fora de ação. Um instante mais tarde, os dois navios se roçaram e a âncora de proa de estibordo de *La Gloire* prendeu-se nas correntes da mezena a

---

[75] Pé: unidade de comprimento correspondente a 30,48 cm.

bombordo do *Leda*. Aos rugidos, um enxame negro de invasores ficou de prontidão para saltar.

Seus pés, entretanto, nunca viriam a tocar naquele convés ensanguentado. De algum lugar, veio uma poderosa descarga de artilharia pesada, com pontaria certeira. Depois, mais uma e mais outra. Esperando com mosquetes e cutelos atrás dos canhões silenciosos, os marinheiros e fuzileiros ingleses pasmaram ao ver a massa negra se afinar e dispersar. No mesmo instante, as portinholas a bombordo do navio francês explodiram num rugido.

— Recolham os destroços — rosnou o capitão. — Em quem, diabos, eles estão atirando?

— Limpem os canhões — disse arfante o primeiro-tenente. — Ainda vamos acabar com eles, rapaziada!

Os destroços foram recolhidos, partidos e cortados a machado, até que primeiro um e depois outro canhão rugiram, voltando ao combate. Cortaram o cabo da âncora lançada pelos franceses e o *Leda* se livrou daquele abraço da morte. Ocorreu, então, um súbito alvoroço pelos mastros e amarras de *La Gloire*. Cem ingleses gritavam até ficar roucos:

— Estão fugindo! Estão fugindo! Eles estão fugindo!

Era verdade. O navio francês suspendera o fogo e sua única preocupação era abrir todas as velas que aguentasse. Aqueles cem que gritavam, entretanto, não podiam considerar a vitória só deles. Ao se desfazer a fumaceira, não foi difícil entender a razão. Durante a batalha, os navios tinham se movido até a boca do estuário e ali, a cerca de quatro milhas mar adentro, encontrava-se o navio acompanhante do *Leda*, vindo a todo pano na direção de onde saíram os tiros de canhão. O capitão Milon tinha cumprido sua missão para o dia. No momento, o *La Gloire* afastava-se rapidamente ao norte. O *Dido* saiu em seu encalço, disparando os canhões de proa, até os dois desaparecerem atrás de uma ponta de terra.

O *Leda*, porém, fora duramente atingido. Perdera o mastro

principal, as amuradas laterais estavam despedaçadas, o mastaréu da mezena de proa e o da carangueja destroçados a tiros, suas velas pareciam farrapos de mendigo, com cem homens mortos ou feridos. Perto, a seu lado, uma massa de destroços boiava sobre as ondas. Era o pau de proa de um resto de barco. Atravessado, em letras brancas sobre o fundo preto, estava pintado *The Slapping Sal*.

— Pelo Senhor! Foi o brigue que nos salvou — gritou o sr. Wharton. — Hudson entrou em combate com o francês e terminou explodindo sobre as águas ao levar um tiro de canhão lateral!

O capitão franzino girou sobre seus calcanhares e ficou de um lado para o outro pelo convés. Sua tripulação já estava cobrindo os buracos das balas, refazendo amarras, remendando e consertando. Quando caminhou de volta, o tenente viu suavizarem-se as rugas profundas ao redor dos seus olhos e boca.

— Todos se foram?

— Os homens todos. Devem ter afundado com os destroços.

Os dois oficiais olharam para o nome sinistro e os restos do naufrágio boiando sobre uma água incolor. Alguma coisa preta era levada para frente e para trás por aquelas ondas, ao lado de uma verga quebrada e um emaranhado de cordas e cabos. Era a bandeira maldita, perto da qual boiava um gorro vermelho.

— Ele era um bandido, mas era um britânico! — finalmente disse o capitão. — Viveu como um cão, mas, por Deus, morreu feito um homem.

O pirata de terra firme
— uma hora movimentada

O LOCAL FOI a estrada de Eastbourne-Tunbridge, não muito longe de Cross in Hand — um trecho isolado, com vegetação rasteira crescendo dos lados. A hora, onze e meia, domingo à noite, no fim do verão. Um automóvel vinha devagar estrada abaixo.

Era um Rolls-Royce longo e enxuto, correndo suavemente ao ronronar delicado do motor. Através dos dois círculos brilhantes projetados pelos faróis elétricos, viam-se chumaços de grama e macegas ondulantes passar rapidamente. Feito uma cinematografia dourada, deixavam para trás e a seu redor uma escuridão ainda mais negra. Um ponto vermelho rubi brilhava na estrada, mas o número da placa não era visível dentro do halo opaco e rubro projetado pela lanterna traseira. O carro era conversível, do tipo passeio, mas, mesmo naquela escuridão da noite sem lua, um observador dificilmente deixava de notar uma curiosa indefinição do seu modelo. Quando deslizou sob o facho largo de luz, vindo da porta aberta de uma casa de campo, deu para ver a razão. A carroceria tinha uma cobertura improvisada de linho holandês marrom. Até mesmo o capô estava enfaixado por um pano bem apertado.

O solitário que dirigia este carro curioso era largo e robusto. Sentava-se curvado sobre a direção, com a aba do chapéu tirolês puxada sobre os olhos. A extremidade vermelha de um cigarro aceso fumegava sob a sombra negra formada pelo chapéu. Uma capa escura de lã grossa com a gola levantada o cobria até as orelhas. Seu pescoço se projetava dos ombros arredondados, e, agora que o carro deslizava sem fazer barulho na descida com o motor correndo em marcha livre, ele parecia olhar para a escuridão em frente à procura de algo aguardado com ansiedade.

O toque distante de uma buzina de automóvel soou fraco, vindo de algum lugar afastado ao sul. Ali, numa noite como aquela, todo tráfego seguia de sul a norte. Era quando uma torrente de londrinos que saíam no fim de semana para as estações de águas voltavam para a capital — do prazer ao dever. O homem endireitou-se no assento e prestou atenção. Sim, ouvira a buzina de novo e certamente vinha do sul. Seu rosto estava sobre o volante e forçava os olhos na escuridão.

De repente, cuspiu o cigarro e respirou fundo. Lá longe, dois pequenos pontos de luz amarela fizeram uma curva na estrada. Desapareceram na baixada, reapareceram outra vez e então sumiram completamente. O homem parado no carro forrado de pano, subitamente, demonstrou intensa vitalidade. Tirou do bolso uma máscara negra e cobriu a face, ajustando-a cuidadosamente para não obstruir sua visão. Por um instante, acendeu uma lanterna de acetileno e passou os olhos sobre seus preparativos, deixando a lanterna junto a uma pistola Mauser[76] no assento ao lado. Aí, puxando o chapéu ainda mais para baixo, soltou o freio de mão e empurrou a alavanca da embreagem. Com um engasgo e um solavanco, a longa máquina moveu-se estrada abaixo, sob o suave suspirar do seu possante motor. O motorista curvou-se e apagou os faróis. Somente uma linha cinza e fraca contornava a vegetação, indicando o traçado da estrada.

---

[76] Mauser (pistola): arma de bolso semiautomática de fabricação alemã.

Ouviu adiante o ruído confuso de algo bufando, batendo e arranhando, que se aproximava conforme o carro peitava a ladeira. Tossia e espirrava sob uma poderosa, ainda que antiquada, marcha lenta, enquanto o motor arfava feito um coração cansado. As luzes amarelas ofuscantes desapareceram uma última vez, numa curva em zigue-zague. Quando reapareceram no alto do morro, os dois automóveis estavam a 30 jardas um do outro. O carro preto saiu como um dardo e parou no meio da estrada, impedindo a passagem e balançando uma lanterna de acetileno no ar. Com o guinchar dos freios, o barulhento recém-chegado conseguiu parar.

— Pela minha alma! — gritou uma voz contrariada. — Você sabe que poderíamos ter sofrido um acidente. Por que diabos não mantém os faróis dianteiros acesos? Não o tinha visto antes de quase arrebentar meu radiador no seu!

A lanterna de acetileno, segura à frente, revelou um jovem irritado, de olhos azuis, bigode loiro e chamativo, sentado sozinho na direção de um antiquado *Wolseley* de 12 cavalos. De um momento para outro, a indignação do seu rosto corado mudou para espanto total. O motorista do carro preto saíra de seu assento. Uma pistola preta, de cano longo e aspecto macabro, foi encostada na sua cara, atrás da qual tudo que via era um círculo de pano preto, com olhos mortíferos encarando-o por duas fendas.

— Mãos ao alto! — disse uma voz rápida e ríspida. — Mãos ao alto ou, por Deus...

O jovem era tão corajoso quanto o outro, mas mesmo assim levantou as mãos.

— Desce! — disse o assaltante, secamente.

O jovem saiu do carro para a estrada, seguido de perto pela lanterna e a pistola. Moveu-se como se fosse baixar os braços, mas uma palavra ríspida fez com que voltassem ao alto.

— Olha aqui, acho que isto é muito antiquado, não concorda? — disse o viajante. — O senhor está brincando... ou o quê?

— O seu relógio — disse o sujeito segurando a pistola Mauser.

— Você não pode estar falando a sério.
— O seu relógio, foi o que eu disse.
— Bem, fique com ele, se precisar. De qualquer modo, é só chapeado. Você está dois séculos atrasado e alguns milhares de milhas afastado da longitude. Seu lugar é na selva ou na América. Não pertence à paisagem de uma estrada de Sussex.
— A carteira — disse o homem. Havia algo altamente convincente na sua voz e procedimento. A carteira foi entregue.
— Anéis?
— Não uso.
— Fique aí! Não se mova!

O assaltante passou pela vítima e abriu o capô do *Wolseley*. Com um alicate de aço, enfiou a mão dentro do motor. Ouviu-se o estalo de um fio se partindo.

— Pare já com isso, não estrague meu carro! — gritou o viajante.

Ele virou-se, mas a pistola, rápida como um raio, estava mais uma vez junto a sua cabeça. Mesmo naquela pressa do ladrão, quando ele se afastou do circuito cortado, algo chamou a atenção dos olhos do jovem, fazendo com que ele perdesse o fôlego, estarrecido. Abriu a boca como se fosse gritar alguma coisa. Em seguida, evidentemente com esforço, conseguiu conter-se.

— Entra aí — disse o assaltante.
O viajante voltou a seu assento.
— Qual é o seu nome?
— Ronald Barker. Qual é o seu?
O mascarado ignorou a impertinência.
— Onde você mora? — perguntou.
— Meus cartões estão na minha carteira. Pegue um.

O ladrão voltou para o seu carro, cujo motor assobiava e murmurava em suave acompanhamento à conversa. Com um baque, soltou o freio lateral, engatou uma marcha, virou a direção o quanto pôde e afastou-se do *Wolseley* imobilizado. Um minuto depois, deslizava velozmente com todas as luzes acesas, a cerca de meia milha ao sul da rodovia. Enquanto isso, Ronald Barker, com uma lanterna lateral na mão, remexia furioso nas partes e peças da sua caixa de ferramentas, procurando um pedaço de fio para reconectar a eletricidade do carro e retomar seu caminho.

Quando estabeleceu uma distância segura da vítima, o aventureiro parou, retirando do bolso os frutos do roubo. Guardou o relógio, abriu a carteira e contou o dinheiro. Sete xelins[77] constituíam um espólio miserável. O baixo retorno do seu esforço parecia diverti-lo mais do que incomodá-lo. Riu, colocando as duas meias coroas[78] e um florim[79] sob a luz da lanterna. De repente, mudou de atitude. Enfiou a carteira fina de volta no bolso, soltou o freio e disparou em frente, com a mesma expressão tensa do começo de sua aventura. As luzes de outro carro surgiram descendo a estrada.

Desta vez, o método do ladrão foi menos furtivo. A experiência certamente lhe dera confiança. Com os faróis ainda acesos, correu em direção ao recém-chegado e, parando no meio da estrada, mandou o outro parar. Do ponto de vista dos viajantes atônitos, o efeito foi muito impressionante. Viram na luz dos seus próprios faróis dois discos reluzentes em cada lado do focinho negro de um carro enorme de alta potência e, mais acima, a face mascarada da figura ameaçadora do motorista solitário.

No círculo dourado de luz projetado pelo assaltante, encontrava-se um elegante *Humber* conversível de vinte cavalos, com um chofer de baixa estatura atônito, piscando muito sob a aba do quepe. Atrás do para-brisa, viam-se chapéus, um de cada lado, amarrados com véus e os rostos inquisitivos de duas

---

[77] Xelim: moeda que, até fevereiro de 1971, representava a vigésima parte da libra esterlina (*shilling* no original).

[78] Coroa, meia-coroa: nome genérico de moeda cunhada por diferentes monarquias. Foi unidade monetária na Áustria, uma moeda de prata inglesa valendo um quarto de libra esterlina e antiga moeda portuguesa, correspondente a 10 mil-réis quando de ouro e mil-réis quando de prata.

[79] Florim: antiga moeda de ouro de Florença, Itália, que trazia o símbolo da cidade-estado, um lírio, cunhado no verso. Também denominação da moeda holandesa, antes da introdução do euro na União Europeia.

jovens muito atraentes. Um rápido *crescendo*[80] de pequenos gritos amedrontados antecipou a tensão emocional de uma delas. A outra era mais calma e crítica.

— Não se entregue — Hilda cochichou. — Cala a boca e não seja tão abobada. É o Bertie ou um dos rapazes nos pregando uma peça.

— Não é não! É de verdade, Flossie. Tenho certeza de que é um assalto. Ai, meu Deus, o que vamos fazer?

— Que cartaz! — reagiu a outra — Que publicidade gloriosa! Já é tarde demais para os jornais da manhã, mas a notícia sairá em todos os jornais da tarde, com certeza.

— Quanto vai nos custar? — gemeu a outra. — Oh, Flossie, Flossie, tenho certeza: vou desmaiar! Será que ajuda se gritarmos as duas ao mesmo tempo? Não acha ele pavoroso, com aquela coisa preta cobrindo a cara? Oh, minha amiga, oh, querida! Ele vai matar o pobrezinho do Alf!

Os procedimentos do assaltante realmente eram de certa maneira alarmantes. Pulando fora do seu carro, arrancou o motorista do assento pelo cangote. A visão da Mauser acabou logo com toda resistência, e o homenzinho foi forçado a abrir o capô do carro e arrancar as velas da ignição. Tendo então assegurado a imobilidade da presa, o mascarado prosseguiu, com a lanterna na mão, caminhando até a lateral do carro. Deixara de lado a rispidez grosseira com que tratara Ronald Barker, assumindo gestos e voz cordiais, ainda que resolutos. Chegou até mesmo a levantar o chapéu antes de começar a falar.

— Desculpem o transtorno, minhas senhoras — disse, com uma voz vários tons acima desde o encontro anterior. — Permitam que lhes pergunte quem são?

Dona Hilda perdera a coerência verbal, mas Dona Flossie era de constituição mais sólida.

---

[80] Crescendo (italiano): jargão musical, indicando cada vez mais forte ou mais rápido.

— Essa é boa! — respondeu. — Eu gostaria de saber com que direito o senhor nos para em uma via pública?

— Meu tempo é limitado — disse o assaltante, com uma voz tranquila. — Tenho que lhe pedir para responder a minha pergunta.

— Diz para ele, Flossie! Pelo amor de Deus, trate ele com cortesia! — gritou Hilda.

— Bem, se o senhor quer saber, somos do Teatro Gaiety, de Londres — disse a jovem. — Talvez já tenha ouvido falar nas damas Flossie Thornton e Hilda Mannering? Estamos fazendo temporada durante esta semana no Royal de Eastbourne e tiramos um domingo de folga. Agora, então, o senhor sabe!

— Tenho de pedir que entreguem bolsas e joias.

As duas se recusaram aos gritos, porém, como fizera Ronald Barker, acharam algo discretamente convincente nos modos daquele homem. Em poucos minutos, tinham entregado suas carteiras, deixando uma pilha de anéis e brincos reluzentes, broches, cordões e braceletes sobre o banco da frente do carro. Os diamantes brilhavam trêmulos como pequenas fagulhas elétricas sob a luz da lanterna. Segurou o emaranhado cintilante e pesou com a mão.

— Alguma coisa que valorizem de modo particular? — perguntou às moças, mas a senhorita Flossie não estava disposta a fazer concessões.

— Não dê uma de Claude Duval para cima de nós — disse. — Pegue ou deixe tudo. Não queremos que nos devolvam restos do que é nosso.

— Menos o colar de Billy! — gritou Hilda, agarrando-se num pequeno cordão de pérolas. O assaltante concordou com a cabeça e soltou-o.

— Mais alguma coisa?

Num rompante, a valente Flossie começou a chorar. Hilda também chorou. O efeito sobre o assaltante foi surpreendente. Ele jogou as joias no colo da que estava mais perto.

— Pronto, tomem! — disse. — De qualquer jeito, não passa de imitação. Vale algo para vocês, mas para mim não vale nada.

Em um instante, as lágrimas transformaram-se em sorrisos.

— O senhor pode ficar com as bolsas. A publicidade vale dez vezes o dinheiro. Mas que maneira de ganhar a vida hoje em dia! Não tem medo de ser preso? Tudo é tão fantástico, feito a cena de uma comédia.

— Pode virar tragédia — reagiu o assaltante.

— Oh, espero que não. Tenho certeza que não! — gritaram as duas damas daquele drama.

O ladrão, entretanto, não se dispunha a continuar a conversa. Lá longe, apareceram pequenos pontos de luz estrada abaixo. Mais negócios estavam a caminho e ele não devia misturar os casos. Soltou o freio de mão de seu automóvel, levantou o chapéu e deslizou ao encontro do recém-chegado, enquanto Dona Flossie e Dona Hilda espichavam-se para fora de seu carro inútil. Ainda com o coração palpitando devido à aventura, observaram a luz vermelha das lanternas traseiras, até se fundirem na escuridão.

Desta vez, tudo indicava que a presa era rica. Atrás dos quatro faróis grandes instalados numa moldura de bronze reluzente, um magnífico *Daimler* de 60 cavalos vinha ladeira acima com um ronco constante, baixo e profundo, que proclamava sua enorme potência latente. Feito um galeão espanhol de popa alta e carga valiosa, o carro se manteve em curso até a nave à sua proa atravessar na sua frente, forçando uma parada repentina. Um rosto carrancudo, avermelhado, espinhento e mal-encarado, projetou-se para fora da janela lateral aberta na limusine toda fechada. O assaltante percebeu uma fronte, alta e calva, com grossas bochechas caídas feito pêndulos e dois olhos alertas, que brilhavam entre as dobras de gordura.

— O senhor saia já do meu caminho! Fora do meu caminho, imediatamente — gritou uma voz ríspida. — Passe por cima dele, Hearn! Desça e arranque-o da direção. O sujeito está bêbado, garanto que está bêbado!

Até aquele momento, o comportamento do assaltante moderno poderia passar por civilizado. Em um instante, entretanto, tornou-se selvagem. O chofer, um sujeito ágil, corpulento, instigado pela voz rouca que vinha de trás, pulou do seu assento e pegou o assaltante que se aproximava pelo pescoço. Este golpeou-o com o cabo da pistola, deixando o homem gemendo no chão. Pisando no corpo prostrado, o aventureiro abriu a porta, pegou o passageiro robusto pelas orelhas e arrastou-o com brutalidade para a estrada. De maneira claramente deliberada, esbofeteou-o duas vezes na cara com a mão espalmada. Os golpes soaram feito tiros de pistola no silêncio da noite. O viajante gordo adquiriu uma cor cadavérica e caiu para trás, encostando-se meio inconsciente na lateral da limusine. O assaltante abriu-lhe o casaco, arrancou a corrente de ouro maciço com tudo que estava preso nela e o pino com um diamante enorme que brilhava na gravata preta de cetim. Retirou quatro anéis dos dedos — nenhum dos quais poderia ter custado menos de três dígitos — e, finalmente, arrancou do bolso de dentro uma enorme carteira de couro. Transferiu todos os bens para os bolsos do seu capote preto, acrescentando as abotoaduras de pérola e até mesmo o botão de ouro que fechava seu colarinho. Assegurando-se de que não havia mais nada para se apropriar, o ladrão pegou a lanterna e lançou um facho de luz sobre o motorista estirado no chão, certificando-se de que estava desmaiado, mas não morto. Depois, voltou-se para seu patrão e tirou-lhe cuidadosamente todas as roupas do corpo, com uma energia feroz, que fazia a vítima chorar encolhida diante da expectativa iminente da morte.

Quaisquer que fossem as intenções do agressor, elas se frustraram definitivamente. Um ruído fez com que virasse a cabeça ao norte e visse, não muito distante, as luzes de um carro correndo.

Este automóvel já teria passado pelos destroços que o pirata deixara para trás. Seguia suas pegadas com intenção bem estabelecida. Poderia estar abarrotado com todos os policiais do distrito.

O aventureiro não tinha tempo a perder. Afastou-se rapidamente da vítima enlameada, pulou para o assento de seu carro e, metendo o pé no acelerador, disparou estrada abaixo. Um pouco mais adiante, o fugitivo entrou em uma pequena trilha lateral, mantendo alta velocidade, e deixou qualquer perseguidor a cerca de cinco milhas de distância, antes de se arriscar a parar. Aí, num canto discreto, conferiu o faturamento da noite: o espólio insignificante de Ronald Barker, as bolsas bem mais fornidas das atrizes, que juntas tinham quatro libras esterlinas, e, finalmente, as joias deslumbrantes e a carteira recheada do plutocrata do *Daimler*. Cinco notas de 50 libras, quatro de 10, 15 soberanos e diversos papéis valiosos somavam ganhos dos mais respeitáveis. Com certeza, era mais do que suficiente para uma noite de trabalho. O aventureiro voltou a pôr no bolso todos os ganhos obtidos com seus malfeitos. Acendendo um cigarro, seguiu seu caminho com o ar de um homem sem qualquer preocupação na mente.

☠☠☠

Na manhã da segunda-feira seguinte a esta noite movimentada, Sir Henry Hailworthy, de Walcot Old Place, tomou café sem pressa e se dirigiu a seu gabinete com a intenção de escrever cartas, antes de assumir seu posto de juiz do condado. Ele era tenente-adjunto, baronete de linhagem antiga, magistrado havia dez anos; e, acima de tudo, famoso criador de muitos cavalos bons, além de ser o cavaleiro mais audacioso de todo o condado de Weald. Um sujeito alto, ereto, com o rosto bem barbeado, sobrancelhas grossas escuras, mandíbula quadrada e resoluta. Era melhor tê-lo como amigo do que inimigo. Embora estivesse com quase cinquenta anos, não apresentava qualquer sinal de ter passado da juventude, exceto pela ação da natureza que, num irônico capricho, plantou um pequeno chumaço de cabelos brancos em cima da sua orelha direita, tornando o resto de sua grossa melena ainda mais escura por contraste. Naquela manhã, estava pensativo. Depois de acender o cachimbo, sentou-se diante de uma folha de anotações em branco, perdido em profundas divagações.

De repente, seus pensamentos o trouxeram de volta ao presente. De trás dos loureiros da curva da estrada de acesso, veio um ruído fraco de algo aos solavancos, que cresceu no bater e ranger de um carro muito velho. Depois da curva, surgiu um *Wolseley* fora de linha, com um jovem musculoso, de bigode loiro, na direção. Sir Henry pulou na ponta dos pés ao vê-lo, voltando a se sentar outra vez. Voltou a se levantar um minuto mais tarde, quando um criado anunciou o senhor Ronald Barker. Era cedo para receber visita, mas Barker era um amigo íntimo de Sir Henry. Os dois tinham muito em comum. Ambos eram bons atiradores, hipistas e jogavam bilhar. O mais jovem (e mais pobre) costumava passar pelo menos duas noites por semana em Walcot Old Place. Sir Henry, portanto, avançou dando as boas-vindas com a mão estendida.

— Madrugou hoje — disse. — O que aconteceu? Se está a caminho de Lewes, poderíamos ir juntos de carro.

O jovem, entretanto, portava-se de forma curiosa, deselegante. Ignorou a mão estendida em sua direção, ficou alisando seu longo bigode e contemplando o juiz da comarca com olhar conturbado e inquisitivo.

— Qual é o problema? — perguntou o outro.

O jovem, porém, não falou. Estava claramente diante de uma conversa muito difícil de começar. O anfitrião ficou impaciente.

— Você não parece o mesmo esta manhã. Afinal, qual é o problema? Alguma coisa o incomoda?

— Sim — disse, enérgico, Ronald Barker.

— O que foi?

— Foi *você*.

Sir Henry sorriu.

— Sente-se, meu caro companheiro. Se tem alguma queixa contra mim, faça-a para que eu a ouça.

Barker sentou-se. Ele parecia se compor para fazer uma recriminação. Quando o fez, saiu como disparo de arma de fogo.

— Por que me assaltou ontem à noite?

O juiz era um homem com nervos de aço. Não demonstrou surpresa nem ressentimento. Não contraiu um músculo da face sólida e tranquila.

— Por que diz que eu o assaltei ontem à noite?

— Um sujeito alto, corpulento, de automóvel, me fez parar na estrada de Mayfield. Pôs uma pistola na minha cara, levando a minha carteira e o meu relógio. Sir Henry, você era aquele homem.

O magistrado sorriu.

— Será que sou o único homem alto e corpulento neste distrito? Será que sou o único com um automóvel?

— Acha que não sei reconhecer um Rolls-Royce quando vejo um? Eu, que passo metade da vida dentro de um carro e a outra metade embaixo dele? Quem tem um Rolls-Royce por aqui, a não ser você?

— Meu caro Barker, não acha mais provável que um assaltante moderno como o que descreveu opere fora do seu próprio distrito? Quantas centenas de Rolls-Royce existem no sul da Inglaterra?

— Não adianta, Sir Henry, não adianta! Até mesmo a voz, que deixou alguns tons mais graves, era bem familiar para mim. Que isso fique para depois! *Para que* fez isso? Eis o que mais me incomoda. Assaltar logo a mim, um dos seus amigos mais próximos, alguém que trabalhou até a exaustão quando concorreu ao conselho do distrito, e tudo por um relógio *Brummagem*[81] e alguns xelins. É simplesmente inacreditável.

— Simplesmente inacreditável — repetiu o magistrado com um sorriso.

— Depois, aquelas atrizes, as pobres-diabas, que trabalham por tudo que têm. Eu o segui estrada abaixo, percebe... Aquilo foi um golpe sujo, se é que já tenha visto outro igual. O tubarão

---

[81] Brummagem (relógio): relógio barato. A marca *Brummagem* tornou-se expressão para coisa bonitinha, mas ordinária.

da City[82] foi diferente. Se um sujeito precisa sair roubando por aí, contra aquele ali o jogo é justo, mas um amigo e depois as mocinhas, bem, repito mais uma vez: não consigo acreditar.

— Então, para que acreditar?

— Porque *foi* assim mesmo.

— Bem, você parece convencido disso. Não parece, entretanto, dispor de muitas provas para mostrar a quem quer que seja.

— Eu posso jurar em ocorrência policial. Eu me convenci no momento em que estava cortando a corrente elétrica do carro — que insolência diabólica aquela —; vi, por trás, o seu tufo de cabelos brancos saindo para fora da máscara.

Pela primeira vez, um observador perspicaz talvez visse um pequeno sinal de emoção no rosto do baronete.

— Você tem uma imaginação muito fértil — disse.

O visitante ficou vermelho de raiva.

— Olha aqui, Hailworthy — disse, abrindo a mão e mostrando um pequeno triângulo de pano preto amarrotado. — Vê isto aqui? Estava ao lado do carro das moças. Você deve ter rasgado ao pular fora de seu assento. Mande buscar aquele casaco preto e grosso de piloto. Se não tocar a campainha, vou fazê-lo pessoalmente e o casaco virá até nós. Vou levar isto até o fim e não se engane a tal respeito.

A resposta do barão foi surpreendente. Ele se levantou, passou pela cadeira de Barker seguindo em direção à porta. Trancou a fechadura e guardou a chave no bolso.

— Você *vai* levar isso até o fim — disse. — Vou mantê-lo trancado até que o faça. Agora, precisamos ter uma conversa franca, Barker, de homem para homem. Se terminará em tragédia ou não, só depende de você.

Enquanto falava, abriu uma das gavetas de sua escrivaninha pela metade. O visitante franziu a cara de raiva.

---

[82] Tubarões da City: maneira depreciativa para aludir a milionários sem escrúpulos da City, o centro financeiro de Londres, na Inglaterra.

— Você não melhora as coisas me ameaçando desta maneira, Hailworthy. Vou cumprir o meu dever e você não vai me intimidar para que eu desista.

— Não tenho intenção de intimidá-lo. Quando falei em tragédia não me referi a você. Quis dizer que esta questão envolve possibilidades que não se deve permitir que aconteçam. Não possuo parentes próximos nem longínquos, mas necessito manter a honra da família e certas coisas são inadmissíveis.

— É tarde para falar assim.

— Bem, talvez seja, mas não é tarde demais. Neste momento, tenho muito a lhe dizer. Antes de tudo, você está corretíssimo. Fui eu quem o assaltou ontem à noite na estrada de Mayfield...

— Mas por quê, neste mundo...

— Muito bem, deixe que eu lhe explique à minha maneira. Primeiro, quero que veja isto. Abriu o resto da gaveta e retirou dois pequenos pacotes.

— Deveriam ser colocados no correio hoje à noite em Londres. Um é endereçado a você e eu posso muito bem entregá-lo de uma vez. Contém o seu relógio e a carteira. Assim, vê que, exceto pelo corte do fio no motor, você não seria prejudicado pela aventura. Este outro pacote é endereçado às jovens donzelas do Teatro Gaiety. Seus bens estão aqui dentro. Espero tê-lo convencido de que, antes de vir me acusar, eu já providenciara reparação plena para cada caso...

— E então? — perguntou Barker.

— Então, agora temos que lidar com Sir George Wilde. Como pode não saber, ele é o sócio mais antigo de Wilde e Guggendorf e um dos fundadores do Banco Ludgate de memória infame. Seu motorista é um caso à parte. Pode acreditar em mim. Dou minha palavra de honra que tinha outros planos para o chofer. É sobre o patrão, entretanto, que quero falar. Você sabe que não sou um homem rico. Suponho que o condado inteiro saiba isso. Quando o *Black Tulip* perdeu o *Derby*,[83] fui duramente atingido. Outras coisas também. Na época, tinha um legado de mil libras. Este banco infernal estava pagando 7% sobre depósitos. Eu conhecia o Wilde. Fui vê-lo e perguntei se era seguro. Ele disse que era. Botei meu dinheiro lá e, em 48 horas, a coisa toda desmoronou. Foi revelado diante do oficial coletor que Wilde sabia havia três meses que nada poderia salvá-lo. Mesmo assim, ele levou toda a minha carga a bordo do seu navio indo a pique. Ele ficou muito bem, não se engane! Além disso, já tinha guardado mais do que o suficiente. Eu, porém, perdi todo o meu dinheiro e não havia lei que me ajudasse. Ele me roubou da maneira mais óbvia como um homem pode roubar outro. Voltei a encontrá-lo e ele riu na minha cara. Disse que deveria investir só em títulos garantidos pelo tesouro inglês e que, pelos custos, a lição saíra barata. De modo que eu simplesmente jurei, por bem ou por mal, que um dia ainda acertaria as contas com ele. Eu conhecia seus hábitos, porque se tornou meu interesse conhecê-los. Sabia que voltava de Eastbourne domingo à noite. Sabia que trazia boa quantia na carteira. Bem, agora a carteira é *minha*. Vai me dizer que não estou moralmente justificado pelo que fiz? Por Deus! Se tivesse tempo, teria deixado o diabo tão pelado como sei lá quantos órfãos e viúvas ele deixou.

— Até aí tudo muito bem. Mas e eu? E as garotas?

— Seja sensato, Barker. Você acha que eu poderia assaltar meu único inimigo pessoal e não ser descoberto? Seria impossível. Eu tinha de me fazer passar por um mero ladrão comum, que o encontrou por acaso. Assim, me larguei na estrada e arrisquei. Como se fosse do jeito que o diabo gosta, meu primeiro encontro tinha que ser com você. Foi idiotice minha não reconhecer a sua lata velha pela barulheira que fazia morro acima. Ao vê-lo, mal conseguia falar, de tanto que queria cair na gargalhada. Estava, entretanto, determinado a ir até o fim. Deu-se o

---

[83] Derby: grande competição turfística, como o Royal Ascot na Inglaterra ou o Kentucky Derby nos Estados Unidos.

mesmo com as atrizes. Temo haver-me denunciado, não conseguindo roubar suas pequenas bijuterias, mas eu precisava seguir com o espetáculo. Então, veio o meu homem. Não havia ilusão quanto a isso. Eu estava ali para lhe arrancar o couro e foi o que fiz. Agora, Barker, o que pensa de tudo isso? Ontem à noite, eu estava com uma pistola apontada para a sua cabeça e, por São Jorge!, acredite ou não, você tem uma apontada para a minha esta manhã!

O jovem se levantou devagar e, abrindo um sorriso, apertou a mão do magistrado.

— Não faça mais isso. É muito arriscado — disse. — Aquele porco bateria pesado se você fosse pego.

— Você é um bom sujeito, Barker — disse o magistrado. — Não, não farei isso outra vez. Quem é que fala em "uma hora movimentada de vida gloriosa"? Por São Jorge! É fascinante demais. Tive o grande momento da minha vida! Falem na caça à raposa! Não, não voltarei a fazê-lo por medo de que se apodere de mim.

Um telefone tocou estridente sobre a mesa e o baronete levou o auricular ao ouvido. Enquanto escutava, sorria para seu companheiro.

— Estou muito atrasado esta manhã — disse. — Estão à minha espera na corte do condado para julgar alguns pequenos furtos.

☠☠☠

Apêndice

Sobre o autor e o livro

CONTOS DE PIRATAS reúne seis narrativas curtas representativas da parte mais vasta e menos conhecida da ficção de Arthur Conan Doyle. Ainda que não pareça, só uma pequena porção da sua obra envolve o personagem que se tornou maior que o autor, Sherlock Holmes. Na época da sua publicação, a "outra obra" de Conan Doyle foi tão bem sucedida quanto possível. De modo geral, envolve muitas histórias de crimes intelectualmente elaborados e aparentemente perfeitos, ou narrativas enquadráveis como suspense, mistério e aventura. Esta, entretanto, é apenas uma das faces da sua produção. Por mais variada, provocadora, visionária, participativa, divertida e original que seja, a maior parte da escrita de Conan Doyle permanece à sombra do detetive de Baker Street.

Este controle de uma personagem sobre a reputação e reconhecimento do seu criador levou-o a matar Sherlock Holmes, jogando-o no mar do alto de uma escarpada, mas isto não resolveu o problema. Ao contrário: a revista *The Strand* recebeu uma enxurrada de cartas protestando e passou a vender menos 20 mil exemplares. Pouco depois (1903), o próprio autor reviveria Holmes para mais aventuras.

Na prática, Conan Doyle publicou histórias do detetive de 1887 a 1927, ou seja, durante quase toda a sua vida adulta. O investigador particular também sobreviveu ao autor e se mantém ativo até hoje, em adaptações para o teatro e a televisão, que se repetem e se renovam a cada década. Os proprietários da marca Sherlock Holmes ainda anunciaram para 2011 o lançamento de *A house of silk*, uma novela com o cenário e os personagens originais, mas escrita por um profissional do século XXI, Anthony Horowitz.

Uma visão panorâmica da obra reunida de Arthur Conan Doyle pode ser organizada em grupos temáticos. O primeiro grupo reúne as quatro novelas e cinco coleções de contos sobre Holmes. O segundo contém seus dez romances históricos sobre guerras, principalmente, as napoleônicas e as campanhas militares britânicas na França e em Flandres — obras consideradas pelo autor e por conhecedores como as suas melhores. No terceiro, estão as narrativas de ficção científica, subgênero do qual ele foi um dos pioneiros, com seis títulos, destacando-se *O Mundo Perdido*, de 1912, uma história precursora da novela *Jurassic Park* (1990), de Michael Crichton, e outras sobre catástrofes ambientais.

No quarto grupo, encontra-se o maior número de títulos, abordando uma variedade surpreendente de temas. Inclui noveletas como *Rodney Stone* (sobre o pugilismo) e dezenas de narrativas curtas, que o próprio autor organizou em séries de contos, publicados ao longo de quatro décadas: *Contos de terror*, *Contos de mistério*, *Contos do nunca visto*, *Contos de antigamente*, *Contos da vida de médico*, *Contos de aventuras* e *Contos das águas claras*, entre várias outras.[84]

---

[84] Além dessa obra literária ampla e abrangente, Conan Doyle ainda teve grande produção não ficcional. A Conan Doyle Society relaciona 39 títulos, com coletâneas de crítica literária, reflexões históricas, memórias, ensaios sobre a arte da narrativa, a guerra e as forças armadas, do que se poderia chamar de produção jornalística. A isto, somem-se doze panfletos em defesa e divulgação do espiritismo, dos valores do império britânico, explicando a Guerra dos Boers

Contos de piratas é uma destas séries de *"tales"*. Lançada originalmente em 1922, a coletânea reúne histórias editadas para as revistas de ficção e entretenimento da época. Todas têm formato e tamanho semelhantes e são narradas com um realismo quase jornalístico, uma ficção construída a partir de dados concretos. As histórias se estruturam pela exploração de um cenário através de episódios. A escolha da pirataria como tema provavelmente contou com sugestões ou comentários de seu amigo e parceiro da vida inteira, o baronete James Matthew Barrie (1860-1937), que, anos antes, lançara *Peter Pan*, criando um personagem seminal na imaginação popular, o inesquecível capitão Gancho, talvez o pirata ficcional mais conhecido do século xx.

Como é característico nas séries de contos de Conan Doyle, muitas histórias se desenrolam a partir ou em torno de uma figura predominante. No caso, o pirata John Sharkey, que interliga quatro dos seis contos. Na obra do autor, Sharkey é um personagem menor, de vida curta, se comparado a outros que criou. Além de Holmes, há o professor Challenger ao longo da sua respeitável produção em ficção científica e, nos romances históricos, o *Brigadier* Gerard se destaca como condutor de várias narrativas.

JOHN SHARKEY, O ÚLTIMO DESESPERADO DOS MARES

John Sharkey representa o último tipo de pirata do tempo da navegação a vela, o bandoleiro dos mares, um desesperado sem rei nem lei. Uma pirataria fomentada pelo fim das guerras, quando as marinhas nacionais reduziram seus contingentes e marinheiros desempregados abarrotavam os portos à procura

---

na África do Sul, denunciando erros judiciais na punição de crimes verdadeiros, ou a importância da prática de esportes para a saúde física e convívio social, entre outros temas. Também publicou três coleções de poemas e escreveu doze peças de teatro, adaptando suas histórias, ou em parceria (com J.M. Barrie e outros).

de emprego como embarcadiço. Estes ex-combatentes, tratados como mercadoria danificada ou sobra de guerra, literalmente só conseguiam ganhar a vida fazendo o trabalho braçal da pirataria.

Não se trata, portanto, do pirata conquistador, o nobre aventureiro dos tempos de Francis Drake e Thomas Cavendish, na Era dos Descobrimentos — a pirataria como braço armado da expansão colonialista. Também não são mais os bucaneiros das ilhas do Caribe e Madagascar, que, no final do século XVII, formavam comunidades de escravos fugidos, desertores, bandidos e foragidos da França, Holanda, Portugal, Inglaterra e, principalmente, da Espanha. A mais ativa e notória destas subnações surgiu na costa oeste de Hispaniola (Santo Domingo), onde hoje se encontra a República do Haiti. Os bucaneiros eram unidos por um sentimento comum, o ódio aos espanhóis (e em parte mantidos por assaltos a seus portos e navios).

Tampouco eram os piratas da Era de Ouro da Pirataria, entre fins do século XVII e primeira metade do XVIII (1680–1724/35). Henry Avery, Edward England, Bartholomew Roberts, Barba Negra e capitão Kidd roubavam com autorização de algum governo, através de cartas de corso ou "comissões" emitidas pelos notoriamente corruptos governadores plenipotenciários das colônias. A comissão autorizava um civil a equipar um navio de guerra e contratar uma tripulação para atacar e confiscar bens de barcos com bandeira de países inimigos ou em conflito. Na volta da pilhagem, pagavam impostos e o roubo era "legitimado" como espólio de guerra.

Estes piratas tinham bases territoriais e redes para distribuição de suas "aquisições". Eles eram bem recebidos (e não temidos) nos portos que frequentavam, por deixarem seu ouro nas cantinas e abastecerem os mercados locais com produtos baratos. Ainda que oficialmente condenados pelos reinos europeus, eram ostensivamente tolerados pelas colônias no Caribe, por interromper as linhas de abastecimento de portos concorrentes e enriquecer as autoridades locais.

Tratava-se essencialmente de um negócio de risco. Ao contrário dos exageros ficcionais das narrativas do gênero, aqueles piratas faziam de tudo para evitar o confronto armado e recorrer à violência. Impunham-se pela intimidação, só empregando a força como último recurso. Eram cruéis e malvados como os piratas de Conan Doyle exclusivamente quando a vítima oferecesse resistência. Recorriam à tortura quando os oficiais e passageiros se recusavam a revelar onde escondiam ouro e joias. Quem se rendesse docemente era poupado, quem resistisse era preso ou eliminado.

Tendiam, por outro lado, a não depenar o navio ou afundar o casco. Roubavam as coisas de que precisassem (cordas, velas, comida e bebida), além de tudo que achassem valioso. Aos que cooperassem, ofereciam mercadorias em troca ou compensação pelo que *confiscavam* em nome do seu rei. Em relação à "carga humana", tinham interesse material na manutenção da integridade física das vítimas. Os passageiros ricos valiam resgate, os marinheiros somavam mãos úteis a bordo como voluntários ou "piratas forçados" e os presos eram vendidos como escravos ou para o regime de servidão nas plantações do Caribe.

John Sharkey e seu bando, assim como o do *Slapping Sal*, representam piratas de uma geração posterior a essa, num ciclo histórico sobre o qual não há maior registro. Não são mais os piratas famosos, com vidas documentadas em julgamentos públicos e execuções populares, detalhadas e romanceadas pela imprensa sensacionalista do século XVIII. Sharkey representa o pirata excluído dos clássicos da pirataria. É o pirata solitário do século XIX, que luta para ganhar a vida, pois seu ramo de atividade já não rende como antigamente.

Vários fatores socioeconômicos contribuíram para isso. A paz na Europa, principalmente o fim das guerras napoleônicas (1815), acabou com a liberdade das colônias para autorizar a pilhagem de navios *inimigos* e aumentou muito a concorrência de marinheiros desempregados que entravam para a pirataria. As marinhas de guerra também passaram a usar suas frotas na proteção dos comboios mercantis, reduzindo muito os barcos desgarrados e vulneráveis, as "presas ou prêmios" preferenciais dos assaltantes.

Enquanto exemplo histórico do período, Sharkey sistematicamente trata suas vítimas com violência extrema e frívola. Extermina as testemunhas com requintes de crueldade e põe o navio a pique para não deixar vestígios. Esta mudança de atitude decorreu de dois fatores básicos. A abolição da escravatura nas colônias europeias eliminou o valor de revenda do preso comum e os passageiros valiosos como reféns viajavam escoltados por armadas. Estes piratas ainda afundavam a *presa* por não usarem barcos tão grandes e pesados, nem terem o que fazer com a carga, pela falta de acesso a um mercado onde pudessem vender o espólio.

Tratados e perseguidos como ladrões comuns quando reconhecidos, estes últimos corsários passaram a usar navios menores, mais leves, sem castelo alto, que navegavam por águas excessivamente rasas para os navios de guerra. Escondiam-se em enseadas e estuários discretos, fora do alcance dos canhões de seus perseguidores. Também não se arriscavam a grandes viagens, dificilmente se afastando mais de quatro horas da costa onde se refugiavam. A multiplicidade de esconderijos oferecidos por arquipélagos como o do Caribe ou Madagascar (e ainda hoje, nas Filipinas e Indonésia) facilitou a proliferação dessa pirataria menos rendosa e mais trabalhosa.

Conan Doyle expõe admiravelmente o mundo, o meio e o momento desta face do crime. Nos sintéticos enquadramentos históricos dos contos, deixa bem claro que reflete uma pirataria tardia, de pequena escala, cujo combate não era uma prioridade para os governos coloniais, por ser restrita e localizada. Sempre que interferisse em interesses do reino e da colônia, entretanto, despachavam uma esquadra de *"men-of-war"*[85] com ordens para eliminar o problema, conforme retrata a história *"Slapping Sal"*, o conto de piratas ao mar da coleção em que o capitão Sharkey não participa.

ESTILO E TÉCNICA DE CONTAR HISTÓRIAS

Contos de piratas é um exemplo típico do estilo e modelo narrativo de Arthur Conan Doyle, sem a presença e método dedutivo de Sherlock Holmes. Em primeiro lugar, o autor é o mais objetivo possível. Rara é a descrição de paisagem com mais de uma frase. Conta a história rapidamente, uma característica que de certo modo estabeleceu o "padrão estilístico" das revistas de literatura popular da época. Uma escrita de leitura fácil, para ser consumida nas praças, trens, jardins e salas de jantar, não apenas no silêncio e ambiente propício de uma biblioteca.

Os painéis históricos, as localizações circunstanciais, são pinceladas precisas. Esta habilidade narrativa viabiliza grande verossimilhança. Os nomes de piratas citados (Avery, England, Roberts, Ned Low, Howell Davies, Stede Bonnet, Sawkins, Gammont, Morgan) são legítimos, o cenário e situações também. A história é fruto da imaginação do autor, mas o comportamento das personagens tem embasamento em registro, mantendo-se o mais próximo possível do que se supõe ser a realidade.

O narrador mostra que fez a sua lição de casa. Escreve com a clareza e a segurança de quem sabe o que está falando. Em primeiro lugar, tudo indica que Conan Doyle dominava a terminologia da navegação a vela, com todas as suas variantes e sinonímia. Além disso, as referências ao passado são extraídas ou parafraseadas de dois tratados essenciais de língua inglesa sobre o tema: *Piratas (História geral de crimes e roubos de piratas*

---

[85] Man-of-war (plural: men-of-war): designação genérica de todo navio de guerra.

famosos), de 1724-26, assinado pelo capitão Charles Johnson, e *Bucaneiros da América*, ampliação do original holandês de 1689, atribuído a John Esquemeling.

Contos de piratas também desmistifica o romantismo fantasioso associado à pirataria pela arte e cultura ocidentais a partir do século XIX. Sharkey não é nenhum galã alegre e namorador como Errol Flynn e outras celebridades dos filmes de Hollywood. Os piratas de Conan Doyle representam justamente o oposto, a escória da escória da criminalidade, homens desnorteados pelas guerras, patologicamente brutais e destrutivos.

UMA VIDA MOVIMENTADA

Um dicionário biográfico tradicional de literatura inglesa descreve Arthur Conan Doyle como "autor escocês de novelas policiais e romances históricos, criador do detetive Sherlock Holmes e condecorado Cavaleiro do Reino Unido". O conceituado dicionário Larousse afirma que "a pobreza inicial como jovem médico em Southsea e depois como oculista em Londres o convenceu a ganhar dinheiro escrevendo".

Isto é verdade no sentido de que trocou a vida pacata e confortável de médico obscuro numa metrópole por "uma vida altamente movimentada" como grande personalidade do Império Britânico, além de ser o que muitos consideram o escritor de língua inglesa mais lido no mundo, mesmo oitenta anos depois de sua morte. Só na internet, há cerca de dois milhões de sites com referência a Conan Doyle e Sherlock Holmes, com diversas antologias de ditos e frases de efeito extraídos de sua obra.

Arthur Ignatius Conan Doyle nasceu em 22 de maio de 1859, em Edimburgo, na Escócia, e faleceu no dia 6 de julho de 1930 em Crowborough, na Inglaterra. Coube-lhe viver um dos momentos históricos mais determinantes da Europa, como a consolidação da Revolução Industrial e a modernização geral da sociedade no século XX (o advento da luz elétrica, do telégrafo, do telefone, do automóvel, do trem e do avião), a Primeira Guerra Mundial, a Revolução Russa e a ascensão do fascismo, para citar alguns fatos marcantes. Mais do que isso: ele viveu cada minuto dos seus 71 anos com intensidade e vigor de exuberância incomparável.

Filho de funcionário público conhecido como pintor e ilustrador, cresceu vendo a saúde mental do pai se deteriorar pelo alcoolismo e a epilepsia, até ser confinado num hospício. Entrou para a Universidade de Edimburgo em 1881 financiado por tios. Graduou-se em medicina em 1885, aos 26 anos. Na época, já publicava histórias profissionalmente. Dois anos depois, sairia a primeira novela com Sherlock Holmes, cujo sucesso nunca mais o abandonaria, levando-o a trocar a medicina pela escrita profissional cinco anos mais tarde.

Além da extensão e diversidade da sua obra, Arthur Conan Doyle também teve uma vida excepcional em diversos aspectos. Ele se destacava em tudo que fazia. Como desportista, brilhou nas mais diversas modalidades. Lutava *box*, foi goleiro do Portsmouth Football Club, esquiador, jogador de *rubgy*, *cricket*, *golf*, além de um dos primeiros entusiastas do automobilismo: em 1911, aos 52 anos, participou da International Road Competition, uma corrida de Hamburgo a Londres, tendo a esposa como copiloto.

Não se trata de uma mitologia criada para popularização de um autor. Conan Doyle realmente era "um gigante em estatura com um coração de menino", como disse Harry Price. O escritor revelava um apetite inesgotável para novas experiências. Na sua primeira viagem como médico de bordo na barca baleeira *Hope of Peterhead*, logo acumulou as funções de arpoador. (Faria outra longa viagem como médico de bordo à África Ocidental). Foi supervisor de hospital militar britânico na Guerra dos Boers (1899–1902), na África do Sul; organizou um regimento de voluntários na Primeira Guerra Mundial, aos 55 anos. Paralelamente, competiu nacionalmente como jogador de *golf* e manteve um clube de *cricket* com J.M. Barrie, dedicando-se também à caça à raposa, hipismo e corridas de cavalo.

Ele ainda se diferenciava na era pós-vitoriana por intervir com o peso da celebridade e distinção intelectual sobre qualquer temática que lhe parecesse de importância humana ou nacional — fossem erros na administração da justiça, fosse o impacto dos aviões e submarinos na guerra convencional, ou a ameaça alemã de bloqueio do Canal da Mancha. Lançou a campanha que garantiria a distribuição de coletes salva-vidas para marujos e soldados a serviço da marinha. Promoveu os interesses do império britânico na África por recear a selvageria de guerras de independência nas colônias, o que lhe rendeu o título de Cavaleiro da Ordem ao Mérito do Reino Unido, em 1902. Sir Arthur ainda criou cinco filhos em dois casamentos duradouros.

Conan Doyle viveu sempre com toda a plenitude, mesmo nas últimas décadas, quando perdeu muito da sua credibilidade por se converter ao espiritismo e passar a divulgá-lo com fervor e convicção intimidantes. No mundo moderno e racionalista da década de 1920, o velho homem de letras foi sutil e paulatinamente destratado como escapista e ultrapassado. O criador de Sherlock Holmes, entretanto, não se deu por vencido, nem se fez menos combativo. Tampouco mudou de opinião. Teria inclusive gastado uma pequena fortuna tentando provar a existência de fantasmas. Passou sua última década fazendo palestras de promoção e divulgação da doutrina espírita na América do Norte e Europa.

A independência representada pela vida e obra de Arthur Conan Doyle (quase existencialista pelo arroubo e desprendimento) fundamenta-se num tipo de conservadorismo esclarecido, herdado por formação e cultivado por opção. Ele é essencialmente um elitista, bem ajustado material e ideologicamente na classe dominante: apolítico, individualista, lógico, sensato, defensor da lei e da ordem, patriota, com uma leve arrogância ou superioridade aristocrática. Era um homem de seu tempo que, nas suas contradições, reafirmava os valores do passado ainda vigentes, como a preservação do Império Britânico em defesa da civilização ocidental.

Foi um passageiro da história muito ocupado com suas próprias ideias. Não era omisso ou covarde na defesa da sua verdade pessoal, mesmo que fosse a existência de fadinhas e gnomos. Curiosamente, ele denunciou os horrores da guerra e anteviu a radicalização do autoritarismo nacionalista na Alemanha e Itália, mas não percebeu a grande renovação política em andamento. Coerente na sua identificação com as elites, defendia a manutenção do *status quo*, literalmente ignorando a questão econômica e a luta de classes no caldeirão social de seu tempo.

Em momento algum, Conan Doyle se refere aos movimentos sociais emergentes na época (a campanha das sufragistas pelo voto feminino, o fabianismo reformista de Bernard Shaw, o anarco-sindicalismo, o socialismo comunista etc.). Não menciona nem de passagem a revolta das massas, como a Revolução Soviética na Rússia e o levante popular que levou à independência da Irlanda do Sul. Estes temas poderiam ser complexos demais para a sua ficção ligeira de aventura e entretenimento, mas com certeza seriam pertinentes na sua produção ensaística e jornalística. Afinal de contas, ele se manifestou com toda a honestidade sobre quase tudo o mais que acontecia a seu redor.

Apesar de tantas emoções e atividades, Conan Doyle continuou escrevendo e publicando até seu último minuto neste mundo. Acredita-se que tenha morrido vítima de seus excessos físicos, depois de uma turnê de vários meses por países nórdicos, com mais de setenta anos. Pouco antes de sofrer um ataque cardíaco fulminante, escreveu: "Os leitores acham que vivi muitas aventuras. A realmente grande, porém, começa agora".

SOBRE A TRADUÇÃO

Esta tradução é o que alguns chamariam de literalista. Reproduz o original feito uma reconstrução arqueológica, sem tirar nem pôr, buscando um português que expresse ao máximo não só o sentido, mas também a dinâmica do estilo de Conan Doyle, que frequentemente é metafórico e analógico, assim como musical.

No referente ao que se perde em tradução cabe citar um detalhe relevante. O autor é conhecido por, em obras de ficção, dar a seus personagens nomes alusivos ou de duplo sentido. Ele mesmo ocasionalmente chama a atenção para isso no texto, incorporando o significado do nome à narrativa. Na ficção científica, por exemplo, seu narrador era o professor *Challenger* ("Questionador" ou "Desafiador"), que explorava a imaginação para além da realidade conhecida. Em *Contos de piratas*, estas referências são uma constante.

O personagem principal é Sharkey (*Shark* – "tubarão"; no caso, "Tubarônico"), seu contramestre chama-se Ned Galloway (*Gallow* – "forca, patíbulo, cadafalso", ou "Ned Caminho da Forca"), o capitão com medo de piratas é Scarrow (*scare* – "assustado, medroso, apreensivo"), as atrizes trabalham na companhia do *Gaiety Theatre* ("Teatro das Gaiatas"), entre muitos outros. Nestes casos, qualquer tentativa de traduzir a nuance interfere na fluidez e espontaneidade do texto.

SOBRE O TRADUTOR

Eduardo San Martin é tradutor e jornalista profissional. Publicou várias narrativas, adaptações e traduções de textos clássicos da pirataria ocidental, como *Bucaneiros da América*, *Piratas (História geral dos grandes crimes e roubos)*, *A descoberta da Guiana por Walter Ralegh*, *A viagem do pirata Richard Hawkins*, *Terra à vista* e outros, incluindo *Um diário do ano da peste*, de Daniel Defoe. Traduziu, dirigiu e produziu uma versão radiofônica de *Uma noite com Sherlock Holmes* para a BBC de Londres (World Service).

Minibiografias dos piratas reais mencionados

Avery (Every), Henry
　　Henry Avery (ou Every) foi o pirata britânico mais famoso no seu tempo, na década de 1690. Ex-traficante de escravos na África, agiu no Caribe, na costa ocidental africana e, principalmente, no Mar Vermelho. Era tido como o terror dos mercadores da Índia. Acumulou grande fortuna e se "aposentou" nas Bahamas. Ao ser descoberto, fugiu para a Irlanda com catorze companheiros, seis dos quais terminaram na forca. Avery desapareceu com o seu tesouro sem deixar rastro.

Barba Negra ("Blackbeard" Edward Teach)
　　"Barbanegra" é, supostamente, o nome de guerra do britânico Edward Teach (ativo em torno de 1724). Na literatura, ele se diferencia dos contemporâneos pelo poderio militar e perversidade. Tornou-se exemplo do pirata maluco, que coloca pavios acesos na barba para parecer diabólico durante os assaltos. Atribuem-lhe grandes crueldades para com suas vítimas e um prazer mórbido de expor a própria tripulação a situações violentas. Morreu em combate,

supostamente bêbado demais para se defender ao entrar em luta corporal.

Bonnet, Stede
Enforcado em 1718, junto a 29 companheiros. Bonnet entrou para a pirataria depois de acumular fortuna como plantador em Barbados. Integrou o grande esquadrão pirata comandado por Barba Negra.

Daniel, Le Capitaine
O Capitão Daniel foi um bucaneiro francês de destaque entre 1770–1775. Assaltou navios ingleses durante a guerra com a França e virou pirata quando o armistício de 1697 cancelou sua "comissão". Um dos seus assaltos mais conhecidos foi o saque e destruição de Barbuda. É mais famoso, entretanto, por seu radicalismo religioso. Em 1770, matou com um tiro à queima-roupa um marinheiro que debochou do capelão de bordo durante a missa.

Davis, Edward e Howell
Edward Davis foi um bucaneiro inglês ativo entre 1680–1688. Acumulou vasta fortuna assaltando entrepostos espanhóis na América Continental. Teria voltado para a Inglaterra em 1690 e perdido tudo, antes de retomar a pirataria e desaparecer sem deixar registro.

Howell Davis veio do País de Gales. Chegou ao Caribe como ex-integrante de bandos famosos, como os de Edward England e Bartholomew Rogers. Morreu em 1710, tentando sequestrar o governador português da Ilha do Príncipe (hoje, São Tomé e Príncipe).

Duval, Claude
Claude Du Vall (1643–1670) era francês. Foi para a Inglaterra como criado pessoal (*footman* ou lacaio) de um duque e se tornou um misterioso e galante assaltante noturno

de carruagens a caminho de Londres. Seu nome virou sinônimo de ladrão nobre e pirata em terra firme.

England, Edward
Pirata britânico de intensa atividade nos mares do Caribe e no Oceano Índico entre 1717 e 1720, Edward England entrou para a pirataria "forçado", quando Christopher Winter capturou seu barco. Em pouco tempo, passou a atuar por conta própria. Roubava portos pela costa de Malabar na Índia, quando foi atacado pelo Capitão Macrae, que terminou derrotado, mas combateu com tanta competência, que England lhe poupou a vida e lhe deu um navio para ir embora. Os outros piratas do bando, porém, não perdoaram a England o ato de clemência. Ele foi destituído do comando por um motim e abandonado na ilha Mauritius, onde teria passado o resto da vida mendigando pela Baía de Saint Augustin.

Gow, John (também *John Smith*)
Pirata escocês, enforcado com oito parceiros em 1725. Depois de acumular um bom ganho assaltando navios britânicos pela costa de Portugal, foi à ilha da Madeira e sequestrou o governador. Voltou para as Ilhas Orkney, na Escócia, mas foi descoberto e saiu assaltando povoados da costa, até ser preso. Seu julgamento tornou-se muito popular, por se tratar de um raro pirata que atacava sua própria terra natal, inspirando o romance clássico do século XIX, *The pirate*, de Walter Scott.

Grammont, Michel de
Grande chefe bucaneiro do Caribe, com longos anos de atividade (1678–1686). Junto a François L'Olonais, foi um dos corsários mais famosos e mitificados do período. Desertor da marinha francesa, estabeleceu-se onde hoje é o

Haiti, lutando ao lado da França contra a Holanda na disputa por Curaçao. Invadiu Maracaibo, raptou o governador de La Guayra. Assaltou Veracruz, Campeche e outros portos espanhóis no Golfo do México. Defendeu vitoriosamente o controle francês do território bucaneiro em Hispaniola, contra tentativas de invasão militar dos espanhóis, feitas por terra, via Santo Domingo. Seu patriotismo colonialista levou o governo francês a lhe perdoar e condecorá-lo. Pouco antes de se tornar um velho respeitável em terra, Grammont pegou seu navio e desapareceu em mar aberto.

Low, Ned (Edward)

Pirata britânico que aterrorizou navios e comunidades do Caribe entre 1721 e 1724, frequentemente com a ajuda de seu parceiro no crime, o brutal Francis Spriggs. Era tão cruel e sanguinário que terminou rejeitado pelo próprio bando. Spriggs fugiu com um navio e boa parte do tesouro da companhia, e Low terminou abandonado pelos demais em uma ilha deserta. Há registro de que a marinha francesa o teria capturado e enforcado.

Morgan, Henry

Um dos piratas mais conhecidos de todos os tempos. Era um *"privateer"* ou comissionado pelo governo britânico e suas colônias para assaltar possessões espanholas no tempo dos bucaneiros. Tornou-se muito conhecido por comandar a mais longa e bem sucedida expedição de saques e invasões a portos espanhóis no continente americano. Chegou a ocupar o Canal do Panamá. Também se diferenciou por ser pirata de vida longa (1635?–1688) que sobreviveu à pirataria. Em 1670, a Espanha reconheceu os territórios britânicos no Caribe e os dois países assinaram um tratado proibindo a pirataria entre si. Pouco depois, Morgan, que sempre agira com algum tipo de licença oficial, foi preso e levado para a Inglaterra. Lá, tinha tantos amigos influentes e tanto dinheiro para subornar juízes e autoridades, que logo foi não só perdoado, mas condecorado com um título de cavaleiro do rei. O Capitão Morgan retornou para o Caribe, passando seus últimos anos como próspero proprietário de grandes plantações e vice-governador da Jamaica.

Roberts, Bartholomew
Pirata galês que se tornou famoso por capturar cerca de quatrocentos navios em cerca de quatro anos, com a média de um assalto a cada três dias, entre 1718 e 1722. Pelo que se registra, foi o único pirata conhecido que só tomava chá, jamais consumindo bebidas alcoólicas. Andou pela costa leste da América do Norte e pela costa da África Ocidental, estabelecendo-se como o terror da marinha mercante portuguesa retornando carregada de riquezas do Brasil. Atuava com uma verdadeira esquadra de guerra. Certa vez, conseguiu dominar e roubar um comboio de 42 mercadores. Teria ficado tão autoritário a bordo dos seus barcos, que preferiu debandar a companhia e seguir para a África. Foi encontrado por um *"man-of-war"* britânico na altura da costa do Gabão e morto em combate por um estilhaço de bala de canhão.

Sawkins, Richard
Bucaneiro britânico (ativo em torno de 1779), de grande coragem e ousadia. Em assaltos a Santa Maria e no Panamá, surpreendeu e capturou vários navios maiores do que o seu, surpreendendo-os pela audácia. Morreu tentando assaltar Puerto Nuevo. Nos relatos da época, ele também ganhou destaque pela sua profunda religiosidade. Proibia o jogo a bordo durante o Sabá, o dia consagrado a Jeová no Velho Testamento, jogando no mar baralhos e dados que encontrasse.

☠☠☠

Adverte-se aos curiosos que se imprimiu esta obra em nossas oficinas em 15 de setembro de 2011, sobre papel Norbrite Book Cream 66 g/m², composta em tipologia Charter BT, em GNU/Linux (Gentoo, Sabayon e Ubuntu), com os softwares livres LaTeX, DeTeX, VIM, Evince, Pdftk, Aspell, SVN e TRAC.